Das Deichopfer

Das Buch

Als ein Unbekannter den neuen Deich in einem nordfriesischen Dorf willentlich beschädigt, ergreift der Deichgraf Eckermann die Gelegenheit, um sich an einem ungeliebten Deichbauern zu rächen. Er setzt ein Gerücht in die Welt: Der junge Bahne Andresen soll angeblich den Damm zerstört haben. Mithilfe des Spökenkiekers Boy Spuk verbreitet er nun den Aberglauben, daß nur ein lebendiges Opfer – eingemauert in den Deich – den Damm wirklich festigen kann: Bahne Andresen. Für diesen beginnt damit eine Hetzjagd auf Leben und Tod …

Die Autorin

Kari Köster-Lösche, 1946 in Lübeck geboren, veröffentlichte zahlreiche wissenschaftliche Bücher, bevor sie mit ihren historischen Romanen ein begeistertes Publikum fand. Neben ihrer schriftstellerischen Tätigkeit arbeitet sie in ihrer Wahlheimat Nordfriesland als Tierärztin.

Von Kari Köster-Lösche sind in unserem Hause bereits erschienen:

Die Hakima
Die Heilerin von Alexandria
Die Hexe von Tondern
Hexenmilch
Die Raubritterin-Trilogie:
Die Raubritterin (Bd. 1)
Tod allen Reichen! (Bd. 2)
Die Tochter der Raubritterin (Bd. 3)
Die Rückkehr der Hakima
Die Sachsensaga
Das Blutgericht (Bd. 1)
Donars Rache (Bd. 2)
Kreuz und Schwert (Bd. 3)
Die Wagenlenkerin

Kari Köster-Lösche

Das Deichopfer

Roman

List Taschenbuch

Besuchen Sie uns im Internet:
www.list-taschenbuch.de

Umwelthinweis:
Dieses Buch wurde auf chlor- und säurefreiem Papier gedruckt.

Neuausgabe im List Taschenbuch
List ist ein Verlag der Ullstein Buchverlage GmbH, Berlin.
1. Auflage Oktober 2005

Umschlagkonzept: HildenDesign, München
Umschlaggestaltung: Hauptmann und Kompanie Werbeagentur, München–Zürich
Titelabbildung: © Hauptmann und Kompanie Werbeagentur, München–Zürich unter Verwendung eines Gemäldes von Caspar-David Friedrich, *Moon Rising Over the Sea*, 1821
Druck und Bindearbeiten: Clausen & Bosse, Leck
Printed in Germany
ISBN-13: 978-3-548-60553-1
ISBN-10: 3-548-60553-2

1.
Die Enteignung

Der Deichrichter setzte vor den Augen aller Versammelten demonstrativ den Spaten auf das Deichpfand von Claus Clausen.

„Dieses Land, Claus Clausen", rief er laut, „ist nicht mehr dein Land. Du hast jegliches Recht darauf verloren!"

Mit zusammengebissenen Zähnen und den Blick auf die Grasnarbe unter sich gerichtet, nahm Claus Clausen die Enteignung stumm zur Kenntnis. Auch die Zuschauer schwiegen.

Gequält hob der Bauer den Kopf, starrte, ohne etwas wahrzunehmen, auf das Meer hinaus, von wo der Wind wehte, von den Halligen, von England und vom unendlichen Atlantik. Wie blind ließ er ihn ums Gesicht streichen. Der Wind war so scharf, daß er auf der Haut fast schmerzte. Das brachte ihn wieder zu sich, und seine Gedanken wanderten zurück zu dem Boden, der nicht mehr seiner war. Er hatte die Enteignung nicht verhindern können. Deswegen hielt er sich nicht für schuldig, und er empfand auch keine Reue, nur Scham. Denn, wie es sich gehörte, waren nicht nur seine Gläubiger, mit denen ihn nichts außer den Schulden verband, sondern auch Freunde und Nachbarn anwesend, um zuzusehen. Und das schmerzte.

Auch der junge Bahne Andresen war unter den Zuschauern, denn selbstverständlich waren zu dem ungewöhnlichen Ereignis auch einige, die von Berufs wegen mit den Deichen zu tun hatten, hergekommen. Bahne Andresen hatte diese Prozedur schon einige Male mitgemacht, wenn auch dies die erste war, seitdem er Deichbauer war. Er hatte Mitleid mit dem Bauern. Was sollte denn einer anfangen, der für sein Deichstück nicht ausreichend sorgen konnte und dann zur Strafe das dazugehörige Land verlor? Bei den Begüterten mochte das ja anders sein, die hatten noch mehr Ländereien, und wenn sie aufgaben und den Spaten steckten, verloren sie vielleicht nur einen Bruchteil ihres Besitzes. Aber für den einfachen Bauern bedeutete die Enteignung mitunter das Ende seines Lebens als freier Mann, denn mancher mußte sich dann als Knecht verdingen.

Bahne hing so intensiv seinen Gedanken nach, daß er gar nicht bemerkte, wie die Gläubiger des Enteigneten aufgerufen wurden, um sich für oder gegen die Übernahme des Deichpfandes zu entscheiden.

„Nein", sagte einer mürrisch.

Die anderen schüttelten ihre Köpfe. Was sollten sie mit einem Stück Deich, zu dem eine Deichlast gehörte, die den ganzen Mann forderte? Der Deich mußte winters wie sommers auf eigene Kosten in Ordnung gehalten werden. Geld wollten sie, ihr Geld, nicht ein gefährdetes Stückchen Deich. Die Nachbarn sahen es natürlich anders als die Gläubiger. Ihr Deichlos hatten sie ohnehin, auf eine Länge mehr oder weniger kam es nicht an: Das Weideland, das dazugehörte, lockte. Und, wer weiß, vielleicht wurde es einmal reif als Ackerland. Man brauchte nur über die Weiden auf die nördlichen Äcker des Kornkooges zu blicken. Gerste und Weizen, im Sommer eine goldgelbe Fläche. Nicht ohne Grund war der Kornkoog der reichste in ganz Nordfriesland. Mit ein wenig Umsicht und Bemühen konnte sogar ein kleiner Bauer allmählich zum angesehenen Mann mit praller Geldkatze und neuem Hof werden.

Hinter Bahne wurde getuschelt, und ein Mann, den er nicht weiter kannte, bahnte sich seinen Weg durch die versammelten Männer und trat vor.

„Ich möchte das Los übernehmen", rief Martin Lämmerschwanz.

Der Deichrichter musterte den Mann. Guter Leumund und Zahlungsfähigkeit waren Bedingung. Seine Pflicht war es, dies schnell und korrekt abzuschätzen. „Ich frage dich, ob du bereit bist, das Pfand mitsamt seinen Pflichten und Lasten ordnungsgemäß zu versorgen?" erkundigte sich Detlef Johannsen nach kurzem Zögern förmlich.

„Das bin ich", antwortete der Käufer, genauso förmlich. Jeder kannte die Prozedur.

„Dann frage ich alle Interessenten, ob dieser Mann vertrauenswürdig genug ist, um einen Teil eures Deiches zu erwerben."

Der Deichrichter schwieg einen Moment, um den letztmöglichen Einspruch zu gestatten, aber da niemand sich äußerte, waren nunmehr die Deichlast und das dazugehörige Land offiziell auf den neuen Eigner übertragen.

Mit schwerem Schritt trampelte der neue Besitzer zum Deichrichter, und Bahne war betroffen von dem hämischen Seitenblick, den er dem Enteigneten zuwarf. Dieser aber wandte sich mit regungslosem Gesicht ab und stieg den Deich hinunter.

Mancher Bauer seufzte erleichtert auf und dankte Gott im stillen, daß er sein eigenes Deichlos wieder mal über ein Jahr gerettet hatte. Jeder wußte, wie leicht es ihn selbst treffen konnte. Man brauchte nur ein wenig Pech zu haben ...

Die Zuschauer lösten nach und nach ihre Blicke vom Deichrichter und vom neuen Besitzer, da sie erkannten, daß nichts Sehenswertes mehr folgen würde. In Gruppen gingen sie schwatzend in verschiedenen Richtungen davon, einzelne Schafe aufscheuchend, die auf dem Deich weideten. Die Halbjährigen mit dem wolligen Vlies machten freudig ein paar überflüssige Luftsprünge und hüpften dann steifbeinig wieder in die Nähe ihrer Mütter.

Der junge Bahne verweilte noch einen kurzen Augenblick, um über das Wattenmeer zu sehen. Es war Ebbe, und das Meer hatte sich weithin zurückgezogen. Die Sonne glitzerte im quirligen Wasser des Priels, der sich mit anderen vereinigte und sich schließlich als Kleiseer Tief seinen Weg zwischen den Inseln Dagebüll und Fahretoft suchte. Und weit hinten lag ein Zipfel von Galmsbüll, und die Halligen zwischen diesen Inseln und dem Kornkoog ragten wie schwarze Hüte aus dem Schlick.

Mit einem Seufzer riß Bahne sich von dem wunderschönen Anblick los. Wer nicht will deichen, der muß weichen, sagte man hier. Ob Clausen wohl daran dachte, daß er diesem Gesetz zum Opfer gefallen war? Wie so viele vor ihm, und unzählige würden es noch werden. Denn die Küstenbewohner waren eine Schicksalsgemeinschaft, und jeder einzelne von ihnen mußte seinen Beitrag zahlen; war er dazu nicht mehr bereit, mußte er gehen.

Von hinten erkannte Bahne auch seinen Vorgesetzten, den Deichgrafen Peter Eckermann, unter dessen Leitung er an anderer Stelle am neuen Deich baute. Neben ihm ging seine Tochter Gotje, die Bahne nur flüchtig kannte. Gotje drehte sich zufällig um, und ihr Blick wanderte schüchtern, aber mit Wohlgefallen über den großen jungen Mann mit den blonden Haaren und den Augenbrauen, die fast weiß waren. Bahne lächelte sie hingerissen an. Gerade wollte er sie ehrerbietig ansprechen, da glitt der korpulente und etwas schwerfällige Deichgraf auf dem nassen Gras aus, schlug mit Wucht auf sein Hinterteil, rutschte am Deichhang nach unten und blieb schließlich am Fuß des Deiches liegen wie ein auf den Rücken gefallener Krebs.

Bahne sprang hilfreich hinterher und gelangte gleichzeitig mit Jungfer Gotje beim atemlosen Deichgrafen an. Wie dieser so sprattelte, blickten sich Gotje und Bahne an und verbissen sich beide zugleich das Lachen. Dann nahmen sie jeder einen Arm des dicken Mannes und hoben und stemmten ihn auf die Beine.

„Danke, danke", schnaufte dieser und knurrte böse, weil sie ihn wie ein staubiges Pferd abklopften.

„Sehr rutschig hier", meinte Bahne versöhnlich, bekam aber nur einen wütenden Blick von Eckermann.

Verstohlen tastete der Deichgraf an seinem Hosenboden. Die Nässe kam bereits durch. Seine Laune sank noch weiter ab. Für heute hatte er genug.

„Wir schaffen es schon." Gotje winkte den jungen Mann entschlossen weg. Sie kannte ihren Vater. Für ihn war es ein rotes Tuch, wenn die Bauern sich nicht um ihre Deichlasten kümmerten. Und dann noch die Blamage in Gegenwart eines Gehilfen. Das mußte ihn ja wütend machen! Mit töchterlicher Fürsorge zog sie ihn beiseite.

Bahne nickte und nahm dann den Zügel seines Pferdes aus den Händen des Dorfjungen entgegen, der es bewacht hatte. Er schlug ihn über den Kopf seines Braunen und hatte bereits ein Bein im Steigbügel, als er die laute Stimme des Deichgrafen hörte. Er war anscheinend immer noch verärgert.

„Ist dir nicht klar, wie gefährlich das ist?" fragte der Deichgraf streng.

Claus Clausen stand neben dem aufgebrachten Herrn, dem er unglücklicherweise über den Weg gelaufen war, und betrachtete verdrossen den Boden. Was glaubten die alle, sich in seine Angelegenheiten mischen zu müssen?

Der Deichgraf wartete.

„Im Frühjahr hätte ich ihn in Ordnung gebracht", erklärte Clausen endlich mürrisch.

„Papperlapapp! Du weißt genausogut wie ich, daß er bis dahin durch die Winterstürme längst gebrochen wäre. An deinem Deichstück!"

„Wovon soll ich denn leben?" fragte der Bauer hitzig und sah endlich auf. „Ihr wißt ganz genau, daß viele Ochsen an der Seuche krepiert sind, bei mir genau wie bei Euch. Euch ist es wahrscheinlich egal. Aber ich, ich muß warten, bis die nächsten fett sind. Im Frühjahr, da hätte ich das Geld für das Holz schon aufgebracht, da bin ich ganz sicher ..."

„Der Sturm kümmert sich nicht um deine Entschuldigungen. Und das Wasser bricht durch dein vernachlässigtes Deichstück, eh du dich's versiehst, Claus Clausen", sagte der Deichgraf höhnisch.

Er bestieg mit seiner Tochter den Wagen, nahm den Zügel auf und war abfahrbereit. Trotzdem zögerte er noch. „Ist denn in deinen dummen Schädel nicht einzuhämmern", rief er laut, „daß der Deich in Ordnung sein muß! Hier geht es um mehr als dein Recht und dein Land." Natürlich ging es auch um sein eigenes, das lag auf der Hand, aber der Deichgraf mahnte hier nicht aus Eigennutz, sondern in amtlicher Eigenschaft.

„Ganz recht, Herr Deichgraf, wir wollen nicht versaufen, bloß weil er sich übernommen hat", bestätigte ein anderer Bauer mit einem Seitenblick zu Clausen. Während er mit dem Deichgrafen sprach, zog er langsam seine Mütze vom Kopf.

Die Männer und Frauen, die zögernd einen dichten Kreis um die Streitenden gebildet hatten, schwiegen. Der Deichgraf hatte recht, aber er war kein Langsbüller.

Bahne blickte nach oben. Eine dunkle Wolkenwalze verdeckte plötzlich die Sonne, die in schrägem Winkel eben noch über den Deich geschienen hatte. Der Schatten wanderte schnell über die kleine Gruppe von Menschen, bis nur noch der Deichgraf und seine Tochter vom warmen Schein der Oktobersonne angeleuchtet wurden. Ihm lief ein Kälteschauer über den Rücken, er wußte selber nicht, warum.

Aber auch der Deichgraf strahlte Kälte aus. Steif und mit grimmigem Gesicht saß er schweigend auf dem Kutschbock und drehte an seinem spitzen kleinen Bart.

Claus Clausen schien einen plötzlichen Entschluß zu fassen. Er trat näher an das Pferd des Deichgrafen und griff nach der Trense. Aber noch bevor er sprechen konnte, knallte der Deichgraf mit der Peitsche direkt an seiner Nase vorbei. Nicht viel fehlte, und der Lederriemen wäre dem Bauern durch das Auge gefahren.

„Faß du nie wieder etwas an, das mir gehört!“ fauchte Eckermann. Er schien fast außer sich vor Zorn zu sein. „Verstehen wir uns?“

Die hübsche Gotje fuhr erschrocken zusammen und blickte den Vater verstohlen von der Seite an. Die anderen Bauern hörten immer noch zu, und mancher grinste verstohlen.

„Du, du ... “, stammelte Claus Clausen und ballte die Fäuste. Sein Gesicht war rot angelaufen.

Der Deichgraf hob langsam, wie zum Gruß, die Peitsche und zog sie dann blitzschnell nach unten. Wäre nicht der Schmerzensschrei von Clausen gewesen und der rote Striemen auf seiner Wange, hätte niemand erkannt, was passiert war.

Ohne sich umzublicken, fuhr Peter Eckermann an. Die Zuschauer blickten ihm stumm nach, bis der Wagen hinter einer sanften Deichbiegung verschwand.

Claus Clausen fuhr sich mit dem Ärmel versonnen über die angeschwollene Platzwunde, ohne das Blut richtig abzuwischen. Er verschmierte es nur, und es glänzte in der Sonne, die für einen Moment aus den Wolken kam. Er bemerkte nicht einmal, daß einer der Bauern ihm vor die Füße spuckte.

Von den anderen kümmerte sich keiner um ihn.

2.
Der Deichbau

Am nächsten Morgen dachte Bahne nicht mehr an das Ereignis von gestern. Er hatte alle Hände voll zu tun, denn die Zeit drängte. Auch wenn die Sonne zuweilen noch warm schien, konnte es doch nicht mehr lange dauern, bis der erste Herbststurm wehte. Bahne stand auf der Deichkrone und blickte sorgenvoll in den Himmel. Seitdem am gestrigen Nachmittag die Sonne verschwunden war, zog ein dunkles Wolkenband nach dem anderen nach Nordosten. Nicht lange, und es würde anfangen zu regnen. Und aufbrisen. Ja, der Winter stand vor der Tür, und die letzte Lücke des neuen Deiches zwischen Langsbüll und Broderup mußte schleunigst geschlossen werden. Sonst konnte es geschehen, daß die vierjährige Arbeit vergeblich gewesen wäre. Drei Winter hatten sie Glück gehabt, nennenswerte Teile des neuen Bauwerkes waren nie zerstört worden, die Wellen und das Eis waren glimpflich mit ihm umgegangen. Aber man konnte nicht erwarten, daß es nochmals gutging. Es eilte also.

Auch die Deicharbeiter kannten das Risiko. Sie alle lebten ihr Leben lang am Wasser und fürchteten es. Umso wütender war Bahne, daß sie heute so langsam arbeiteten. Gerade so, als sei es ihre Absicht, den Bau zu verzögern. Aber er wußte, warum. Nicht zuletzt hatte es mit dem gestrigen Auftritt zu tun, aber die Ursache lag noch tiefer: Viele Langsbüller wollten den neuen Deich gar nicht haben. Sie befürchteten, genau wie die benachbarten Deezbüller, daß das

Kleiseer Tief als Folge des neuen Deichs verschlicken würde: Dann wäre es aus mit Deezbüll als Hafen. Ihn aber brauchte man dringend, zur Ausfuhr des Getreides aus dem Kornkoog und als Umschlagplatz für das Halligsalz.

Die Broderuper und Niegaarder hingegen waren am Landzuwachs interessiert; einen Hafen brauchten sie nicht. Sie wollten hinter dem Seedeich Weide und hinter dem Mitteldeich Ackerland: Korn brachte heutzutage Geld, man sah es ja an den Leuten vom Kornkoog. So hatten sich also die Interessenten von drei Dörfern zusammengetan, um den neuen Deich zu finanzieren – aber natürlich nur diejenigen, die das Geld dafür aufbringen konnten, und das waren die wenigsten.

Eins kam hinzu: Der neue Deichgraf war unbeliebt. Er war hart und ungerecht, man konnte es nicht leugnen. Keiner von denjenigen, die für den Deichbau verpflichtet worden waren, arbeitete gerne für ihn. Sie alle nahmen Partei für den alten Deichgrafen, der aus dem Projekt ausgeschieden war, ohne daß man überhaupt erfahren hätte, warum.

Der junge Bahne dagegen arbeitete gerne mit den Männern zusammen und sie mit ihm. Bahne war ein unkomplizierter junger Mann, weder falsch noch brutal, er packte zu, wo es notwendig war, obwohl er das als weisunggebender Deichbauer gar nicht nötig hatte, und jeder kam gut mit ihm aus.

Erleichtert sah Bahne ein Schiff das Kleiseer Tief heraufsegeln. Es würde hoffentlich der seit zwei Tagen bereits überfällige Lastensegler mit Bauholz sein. Gespannt verfolgte er seinen Kurs, und auch einige Männer unterbrachen ihre Arbeit, um dem Schiff zuzusehen. Solange es nach Norden segelte, war nicht auszumachen, ob es zur Anlegestelle in Deezbüll wollte oder zum Deich.

„Juhu, er dreht ein!“ rief Bahne laut, schwenkte seine Mütze und rannte den Deich hinunter.

Die Männer richteten sich auf, stemmten ihre Schaufeln in die lose Erde und beobachteten schweigend den Segler, der bereits den schmalen, verschlickenden Priel zum Deich entlangkroch. Die Knechte an den Pferdefuhrwerken machten sich bereit. Sie schirrten an, rollten dann langsam ins Watt hinaus und erwarteten das Schiff.

Der Deichgraf, der an anderer Stelle die Arbeit beaufsichtigt hatte, kam näher. Gott sei Dank, daß das Bauholz endlich kam. Es gab nichts Schwierigeres am Deichbau als das kunstgerechte Einrammen der dicken Holzpfähle aus Eichen- oder Kiefernstämmen. Er betrachtete den Stackdeich, der zur Seeseite hin durch eine Holzwand geschützt wurde, als Krönung des Deichbaus.

Bahne sah dem Ewer mit gemischten Gefühlen entgegen. Einerseits war er froh, daß das Holz kam, andererseits aber fand er den Stackdeich gefährlich und schlicht veraltet. Er legte schützend die Hand über die Augen, um sie gegen das Glitzern abzuschirmen; die Sonne, die hin und wieder durch die Wolken blitzte, spiegelte sich im Schlick. Ja, es war der Ewer, der seit vier Jahren ihr Bauholz beförderte: „De junge Franz fohrt in Hoffnung." Aus Holstein hatten sie ihn verpflichtet.

Der Kapitän des Ewers hatte die Stelle erreicht, an der er ankern wollte. Zwei Männer stemmten sich in die Geitaue, mit denen die Schothörner zur Rah hochgezogen wurden. Ruckartig verkürzten sie die Segel, und der Ewer verlor Fahrt. Fast gleichzeitig fiel auf der Steuerbordseite der Anker, der schon in der Klüse gehangen hatte. Der Anker griff, und der Ewer kam zum Stillstand. Langsam schwojte er um sein Ankertau herum, bis er mit seinem hohen, gekrümmten Vordersteven im Wind lag. Das breite Spitzgatt zeigte zum Land, so würde der Ewer auf seinem flachen Boden liegenbleiben, während das Wasser langsam weiter ablief. Die Seeleute tuchten das Segel ordentlich auf, belegten verschiedene Taue und fingen an, das Holz zu entsichern.

„Los!" schrie der Deichgraf und wedelte mit seiner fetten Hand.

Die Fuhrknechte machten sich zögernd auf den Weg.

Es ist doch viel zu früh, dachte Bahne verärgert und schüttelte den Kopf. Er wunderte sich ohnehin immer, daß der Deichgraf die Wagen so wagemutig in den Schlick trieb. Es war ein großes Risiko, dicht an den Ewer heranzufahren, vor allem, wenn die Wagen schwer beladen an Land schwankten. Wie leicht konnte das Fuhrwerk umschlagen, und dann war es schwierig, das Holz vor der nächsten Flut zu retten. Mehrmals hatten sie auf diese Weise schon Holz verloren; der Deichgraf, der doch sonst so cholerisch war, hatte solche Verluste mit Gleichmut hingenommen, ganz im Gegensatz zu seinem Gehilfen.

„Es wäre sicher angebracht, wenn Ihr auch ein wenig arbeiten würdet", sagte Eckermann mit scharfer Stimme.

Bahne fuhr erschrocken herum. Noch bevor er sich rechtfertigen konnte, wandte sich sein Vorgesetzter an die Arbeiter.

„Ihr faules Pack, hört auf, Maulaffen feilzuhalten!" schrie er sie an und stellte sich dann zu einer der Gruppe von Interessenten, die als Zuschauer hergekommen waren.

Bahne kletterte stillschweigend den Abhang hoch, und die Männer wandten sich ihrer Arbeit zu.

Aus dem Ewer wurden bereits die Stämme mit der Ladewinde hochgehievt und auf das Fuhrwerk gestapelt. Eine Stunde später, während die Wolkendecke sich verdichtete und die ersten Regentropfen fielen, stapelten die Arbeiter schon das gelöschte Holz am Fuß des fertigen Deiches auf. Zwar fehlten noch mehrere Schiffsladungen mit Buschwerk, aber immerhin konnten sie das letzte Teilstück des Deiches in Angriff nehmen.

Am Nachmittag begannen sie bereits. Jeder wußte, daß es das schwierigste Deichstück werden würde. Der Deichgraf betrachtete befriedigt die Eichenstämme. Dick und schwer, bis zu acht Metern Länge, versanken sie fast im weichen Boden.

Der junge Deichbauer schüttelte fast verzweifelt den Kopf. „Wollt Ihr Euch nicht noch einmal die Karte ansehen", bat er seinen Vorgesetzten.

Eckermann zog die Augenbrauen belustigt hoch. Seine Laune hatte sich seit der Ankunft des Holzes wesentlich gebessert. „Um dasselbe zu sehen, was wir uns die ganze Zeit wieder und wieder angesehen haben? Na, meinetwegen", sagte er herablassend und trat näher.

Bahne breitete die Karte auf einem Brett aus, befestigte die Ecken, die im auffrischenden Wind ständig aufflattern wollten, mit Steinen und legte seinen Finger an die neuralgische Stelle des Großbauvorhabens. „Hier“, sagte er. „Seht Euch doch die Strömungsverhältnisse an dieser Stelle an!“

„Und?“

„Es strömt hier nicht nur das Wasser vom Kleiseer Tief und Kleiseer Priel ein und aus“, erklärte Bahne geduldig, als ob er noch nie versucht hätte, dem Herrn Deichgrafen die Schwierigkeiten an just diesem Punkt des Deiches klarzumachen, „sondern auch noch das Wasser der Lecker Au. Das kommt gewissermaßen von hinten an den Deich. Hier war früher der Auslauf der Lecker Au, und das Bottschlotter Tief vereinigte sich hier mit dem Kleiseer Tief.“

„Weiß ich doch alles!“

„Da wird der Deich immer besonders gefährdet sein!“

„Was für ein Unsinn!“ wandte der Deichgraf ein, immer noch gutgelaunt. „Broderup ist doch längst keine Insel mehr, und das Bottschlotter Tief ist seit neun Jahren durchdämmt. Das hat doch nicht mehr den geringsten Einfluß auf die Strömung.“ Prüfend betrachtete er seinen Gehilfen. Dann schüttelte er den Kopf. „Ach, ihr jungen Leute, von nichts habt ihr eine Ahnung, aber die Erfahrenen wollt ihr lehren, wie man Deiche baut.“ Er lachte herzhaft.

„Herr Eckermann“, fuhr der junge Mann hartnäckig fort, „natürlich ist diese Stelle gefährdet! Wenn die Lecker Au im Winter Hochwasser führt, staut es sich wie eh und je an genau dieser Stelle.“ Er klopfte mit dem Finger erneut auf die Karte. „Die Schleuse hat einfach eine zu geringe Kapazität. Und wehe, wenn zufällig bei einer Sturmflut der Deich bei Bottschlott bricht! Dann strömt das ganze Wasser von Süden und das aus der Au an dieses kurze Stück Deich von hinten heran. Dann wird er unweigerlich brechen.“

„Worauf wollt Ihr denn hinaus?“ Mit der guten Laune des Deichgrafen war es schlagartig vorbei. Diesem dummen Jungen stand es einfach nicht zu, sich in seine Deichplanung zu mischen. „Natürlich wird der Deich hier brechen, wenn er anderswo zerstört ist und noch Flußwasser dazukommt. Man kann schließlich keinen Deich so stabil machen, daß er sämtliches Wasser von Nordfriesland aufhalten kann. Ich kann ja auch nicht verhindern, daß es regnet. Was also macht Ihr Euch darüber Gedanken?"

„Wir können uns doch nicht damit zufrieden geben zu wissen, daß er brechen wird!" rief Bahne empört. „Wir wollen doch nicht so ..., so mittelmäßig bauen wie früher."

„Was meint Ihr denn mit mittelmäßig?" Der Deichgraf stierte seinen Assistenten mit vorquellenden Augen an.

Bahne spielte mit dem Feuer. Er wußte es. Aber er wollte nicht diplomatisch formulieren, wo es um Leben oder Tod von Menschen ging. „Wir können keinen Stackdeich ausgerechnet dort bauen", sagte er deshalb mit rauher Stimme, „wo der Deich ohnehin gefährdet ist!"

Der Deichrichter pfiff tonlos vor sich hin und richtete den Blick mit gespielter Verzweiflung nach oben. Die Arbeiter waren langsam näher gekommen, immer mehr hörten mit ihrer Arbeit auf. Eckermann wartete, bis sie einen Kreis um ihn und seinen Untergebenen gebildet hatten. „Ach, daher weht der Wind", sagte er mit böser Stimme. „Der junge Herr will mich lehren, wie man Deiche baut!"

„Herr Eckermann", fuhr Bahne in bittendem Ton fort und hoffte dabei, daß sein Chef ihm nicht einfach davonlief, „Ihr wißt es doch selbst, daß das Wasser die Erde von den Holzbalken wegspült und Balken und Bretter mit sich reißt ..."

„Aber lieber Bahne", entgegnete der Deichgraf und ließ seiner Stimme anmerken, daß er es entschieden besser wußte, „das einzige, was Wasser überhaupt aufhalten kann, ist ein kräftiges Bollwerk. Und nun seht Euch mal diese Stämme an! Beste Eiche, dreißig Zentimeter Durchmesser, was wollt Ihr mehr! Da muß schon eine Jahrhundertflut kommen, um solches Holz herauszuhebeln. Nein, nein, da kann nichts passieren, da bürge ich für." Beifallheischend sah sich Eckermann um, und die Arbeiter nickten widerwillig. Er hatte ja recht.

„Und was ist auf Nordstrand passiert?" rief Bahne hitzig. „Nie wären die Schäden bei der großen Flut so groß gewesen, wenn sie weniger Stackdeiche gebaut hätten. Das war doch gerade die Ursache des Unglücks!“

„So ein Quatsch! Noch mehr Stackdeiche hätten sie haben müssen! Ich sage Euch“, der Deichgraf pochte, nunmehr allmählich verärgert, auf die Karte, „dann wären weniger Leute gestorben oder obdachlos geworden.“

Die Arbeiter hatten mittlerweile ihre Zurückhaltung aufgegeben. Wo er recht hatte, hatte er recht, der dicke Deichgraf, selbst, wenn sie ihn nicht mochten.

„Aber Herr Eckermann! Der Holländer Clausen Koth hat mit bestem Erfolg ohne ein Stück Holz Deiche gebaut. Nur hat er sie viel flacher ansteigen lassen, so daß das Wasser den Abhang hochrollen kann. Wir sollten ...“

„Das ist ja die Höhe“, rief der Deichgraf erbost. „Nun will er mir tatsächlich eine Bauweise empfehlen, die niemand kennt. Nur ein Holländer, pah!“ Und bevor Bahne Gelegenheit hatte, sich näher zu erklären, richtete der Deichgraf seine salbungsvolle Stimme an die Arbeiter. „Im Gegenteil, ich werde nie einen flach ansteigenden Hang bauen. Der ist viel zu gefährlich! Die Oberfläche ist viel zu groß bei einem flachen Deich. Und je mehr Fläche, desto mehr Erde kann auch herausgeschwemmt werden, nicht wahr? Nein, nein! Ich will euch sagen, was sich bewährt hat: Bollwerke! Etwas Besseres gibt es nicht. Und was die Holländer betrifft, so haben wir ja mit ihnen keine besonders guten Erfahrungen gemacht, nicht wahr? Ihr braucht nur mal an das Kleiseer Tief zu denken.“

Die Erinnerung kam bei den Leuten hoch. Sofort schwatzten sie laut miteinander. Eckermann hatte ihnen aus der Seele gesprochen. Einer mit einem freundlichen Gesicht klopfte dem jungen Mann jedoch wohlwollend auf die Schulter. „Erfahrung kommt mit den Jahren“, flüsterte er ihm zu.

Bahne wehrte ihn ungeduldig ab. „Aber ...“, fing er an, aber dann unterbrach ihn Eckermann.

„Es ist genug!“ rief er. „Ich diskutiere nicht mit einem Jungen, der noch nicht trocken hinter den Ohren ist. Lerne du erst mal Deiche bauen, bevor du Vorschläge machst! Und wir hier bauen mit Methoden, die wir Friesen seit Jahrhunderten mit Erfolg anwenden."

„Aber das stimmt doch gar nicht", schrie mit vor Erregung fast überschnappender Stimme Bahne. „Tausende starben in der Jahrhundertflut. Und warum? Weil die Deiche falsch angelegt waren! Zu steil und ständig pflegebedürftig! Und weil dafür niemand Geld hat, werden sie eben nicht gewartet. Das Holz fault, die Spundwände geben nach, und schon hat das Wasser den halben Deich unterspült! Man kann sie viel besser machen und ungefährlicher!"

„Wollt Ihr wohl endlich Ruhe geben! Sollen die Leute denken, daß sie einen falschen Deich bauen?"

„Aber die Konstruktion ist veraltet", rief Bahne laut und hoffte, daß er wenigstens einige von den Bauern und Arbeitern überzeugen konnte.

„Der Deich wird so gebaut, wie ich es bestimme", erklärte der Deichgraf kategorisch. „Ich trage die Verantwortung, und niemand kann sie mir abnehmen."

„Und wollt Ihr auch die Verantwortung für die Ertrunkenen übernehmen, wenn wieder so eine Flut kommt?" fragte der Gehilfe bitter und wußte genau, daß ihm keiner von den Männern recht geben würde.

„Lachhaft", antwortete Eckermann pikiert. „Eine Jahrhundertflut kommt, wie der Name schon sagt, nur einmal in jedem Jahrhundert. Gemessen an solchen Zeiträumen, haben wir sie gerade hinter uns, und die Gefahr ist denkbar gering."

„Die Gefahr wird nie gering werden, im Gegenteil, sie erhöht sich seit Jahren", sagte Bahne ruhig. „Habt Ihr noch nicht bemerkt, daß das Wasser jedes Jahr etwas höher aufläuft? Auf den Halligen wissen sie das und richten sich danach ..."

Der Deichgraf winkte ab, er hatte endgültig genug von dem unergiebigen Gespräch. Die Arbeiter lachten; nur wenige nickten bei Bahnes Worten bedenklich. Das hatten schon weisere Leute als Bahne festgestellt: Das Wasser rückte Jahr um Jahr höher, nicht viel, aber merklich. Und zurückgegangen war es tatsächlich noch nie.

Der Deichgraf ließ es sich nicht nehmen, das Einrammen der dicken Holzpfähle, die das Rückgrat der Deichkonstruktion werden sollten, selbst zu überwachen. Bald übertönte das gleichmäßige Hämmern der schweren hölzernen Rammen das leise, unermüdliche Plätschern der Wellen, die an der Uferzone unterhalb des Deichfußes aufliefen.

Nach der Planung von Eckermann sollte der Deichfuß etwa zwei bis dreieinhalb Meter hoch werden. Das war für eine normale Flut mehr als genug. Die Pfähle würde man mit Brettern, Zugankern und Pflöcken sichern, dahinter mit Sand und Klei auffüllen und schließlich mit Grassoden aus dem Vorland abdecken. Über Bahnes Einwände ging der Deichgraf mit einem Achselzucken hinweg. Trotzdem beschloß er, die Holzwand dort zu verdoppeln, wo der ehemalige Zufluß aus dem Bottschlotter Tief gewesen war.

3. Das Fest

Am Sonnabend kamen die Langsbüller Männer nicht zum Deich. Bei Dorothea Harksen wurde gefeiert. Der Säugling, der Anlaß dieses Trubels war, schlummerte zwar in seiner Wiege und wußte von all dem nichts, aber umso höher schlugen im übrigen Haus die Wellen. Und weil Langsbüll nur aus wenigen Häusern und Katen bestand, erfaßte der Freudenrausch das ganze Dorf. Selbst die Flügel der kleinen Bockmühle signalisierten das Ereignis: Der Müller hatte die Flügel in der Freudenschere festgekroyt und die Arbeit für heute eingestellt.

Die Wöchnerin lag in ihrem Alkovenbett in der Wochenstube. Ihre Zöpfe waren hübsch zurechtgemacht, und die Haube hatte sie auch auf. Dorothea war so munter wie jede andere im Raum, und zuweilen griff sie mit der Hand um die Schiebetüren, zog sich heraus und lugte um die Ecke, was wegen der steifen Haube gar nicht so einfach war. Dann lachte sie schallend über ihre nutzlosen Bemühungen, und die anderen Frauen lachten mit und wichen dem Dornstock der Wöchnerin aus, mit dem sie herumfuchtelte.

Der Topf mit dem Warmbier war fast glühend erhitzt und dann von Harke Harksen zusammen mit einem Knecht auf die schwere Holzplatte des großen Tisches in der Dörns geschleppt worden. Die Nachbarinnen, die zur Kindskieke erschienen waren, hatten alle schon ihren Anteil abbekommen, aber die Männer hatten sich ihren Teil zu erkämpfen, und Dorothea mußte ihn verteidigen. Noch aber waren die meisten Männer nicht in der Stube, sondern schlichen draußen ums Haus. Dort jubelten auch die Kinder, die immer dabei waren, wenn gefeiert wurde. Keiner mochte sie heute zum Steinelesen oder zum Einebnen der Maulwurfshügel aufs Feld schicken. Auch sie bekamen ihr Küchlein und ihr Bier.

„Gotje, komm her", rief die Wöchnerin herrisch und klopfte auf das Bett, „setz dich zu mir, du bist mein Ehrengast."

Gotje Eckermann errötete, stellte vorsichtig den festlichen Henkeltopf mit der nahrhaften Suppe beiseite und nahm dicht neben der Einstiegsluke Platz. Das frische Stroh duftete noch nach Ernte, und das Bettleinen war steif von Stärke.

„Danke", sagte sie leise.

Als Tochter des Deichgrafen war Gotje eine Art Respektsperson, eingeladen aber war sie als Nachbarin.

„Dorothea", sagte eine der Frauen mit schwerer Zunge und griff sich so viele Kleinkuchen von der Platte, wie ihre Hand faßte, „für die Männer ist das zu viel Bier. Schenk noch einmal aus."

Dorothea nickte lachend, und eine andere Frau schöpfte die Henkelschale bis oben hin mit Warmbier voll. Jede nahm sich von dem Tisch, der die Platten und Teller mit Kleinküchlein und Waffeln, mit Eisenkuchen und Kneppkuchen, mit Zwieback und Rosinen kaum fassen konnte. Dann machte die Schale erneut die Runde. An diesem festlichen Tag war das Warmbier mit Sirup gesüßt und mit Butter, Rosinen und eingebrockten Kringelkrumen verfeinert worden.

Als die Schale zu Gotje kam, zuckte sie leicht zusammen, aber ablehnen konnte sie nicht, denn Dorothea beobachtete sie ernst, und dann trank sie vorsichtig hinter dem Sieb, um die aufgeweichten Brocken zu vermeiden. Die anderen Frauen und Mädchen aber kauten zufrieden, und eine rülpste laut, worauf sie alle schallend lachten.

„Jetzt hat Harke wohl keine Sorge um seinen Nachfolger auf dem Hof mehr?“ fragte Gotje verlegen.

„Nein, das wohl nicht“, stimmte Dorothea zu und setzte sich hoch. „Da kommen sie.“

An den Fenstern tauchten die jungen Burschen auf, und sie griff mit beiden Händen nach ihrem schweren Knotenstock. Die anderen Frauen strafften die Schultern und rückten die Hauben zurecht, ohne ihre Gespräche zu unterbrechen. Aber noch tat sich nichts, und man entspannte sich wieder.

„Hütet euch vor den Unterirdischen“, warnte mit dumpfer Stimme die alte Botilla, die in Harkes Haus lebte, solange man denken konnte, deren verwandtschaftliches Verhältnis zu ihm aber so kompliziert war, daß man es nur in den langen Nächten zwischen Weihnachten und Neujahr errechnen mochte.

Eine plötzliche Kälte durchzog den Raum, und das Geschwätz verstummte. Gotje sah, wie die Wöchnerin den Umhang fester um sich zog.

„Wir können nicht mehr tun, als schon zum Schutz des Kindes geschehen ist“, versicherte Dorothea ernst, die sonst eine lustige junge Frau war.

„Habt ihr denn die Bibel in die Wiege gelegt oder wenigstens ein Kreuz?“ erkundigte sich die dicke Lena mit schwerer Zunge. Sie fixierte schwankend den hölzernen Pelikan, der dort von der Decke hing, wo sonst die Wiege stand. „Bäh“, höhnte sie ihn mit herausgestreckter Zunge.

„Nicht“, sagte Dorothea und rang die Hände. Es war schließlich ihr Sohn, mit dessen Leben Lena jetzt spielte. Und mochte auch niemand die Bedeutung des Pelikans kennen, so hatte er doch seit Jahrhunderten den Schutz über die Neugeborenen übernommen.

„Redet nichts herbei, Frauen", brummte mit tiefer Stimme Harke, der in das Zimmer gekommen war, und die Wöchnerin blickte ihren Mann erleichtert an. Sie hatten alles Menschenmögliche getan, um den Säugling vor den Unterirdischen zu schützen: Bibel, drei Lichter und Geräte aus Eisen verhinderten, daß ein Wechselbalg eingeschmuggelt wurde. Trotzdem, man konnte nie wissen ... „In einer Woche sind wir die Sorge los", sagte Harke, um seine Frau zu beruhigen, und gab ihr einen Kuß.

„Ich wollte, der Taufsonntag wäre schon da", murmelte Dorothea an seinem Hals.

„Wer wird die nächste sein?" forschte Fiecken Plausch neugierig, die selber aus dem Alter heraus war, in dem sie Kinder bekommen konnte. Ihre stechenden blauen Augen fuhren flink in die Runde, und die ganz jungen Mädchen bekamen rote Backen vor Verlegenheit. Dem scharfen Blick und der ätzenden Zunge von Fiecken wollte sich keine aussetzen. Wie auf Verabredung richteten alle ihre Aufmerksamkeit auf die einzige Neuverheiratete unter ihnen. Diese brach unerwartet in Tränen aus.

In diesem Moment stemmten die Männer von draußen die Tür auf und drängten herein. Dorothea schwenkte den Stock und machte ein angriffslustiges Gesicht.

„Na, Dorle, wem von uns ähnelt denn der Kleine am meisten?" rief ein Mann.

„Was fällt dir ein, du Lügner! An meiner Treue hat noch nie jemand gezweifelt", schrie Dorothea empört.

Erst das schallende Gelächter der Männer machte sie darauf aufmerksam, daß sie zum Narren gehalten wurde. Zwei junge Burschen hatten während des Ablenkungsmanövers die Kuchenteller stibitzt, und ein anderer schöpfte Bier in die bereitstehenden Schalen.

„So ist das", sagte sie und blickte zu Gotje hin, die sich erschrocken aufgerichtet hatte. Während die beiden Frauen sich erleichtert anlachten, sprang ein kräftiger Bauer zum Grapen und schnappte den Henkel.

„Au!“ brüllte er dann und zog die Hand zurück. Jäh den Atem anhaltend, drehte er sie mit gekrümmten Fingern nach oben. Während er noch in die Innenfläche starrte, begannen sich große Brandblasen aufzuwölben.

Gotje empfand den Schmerz des Mannes fast körperlich; die übrigen aber lachten und schrien und versuchten, soviel Bier zu schöpfen, wie nur irgend ging, während Dorothea zuschlug, wann immer sie jemanden treffen konnte.

Immer mehr Männer schoben sich in den Raum, unter ihnen als Verwandter der Wöchnerin auch Bahne Andresen. Plötzlich wurde es still, und Nico Nicolaysen drängte sich durch, bis er vor dem Alkoven stand. Gotje konnte den würzigen Geruch von Bullen wahrnehmen, der in seinen Kleidern hing und vorübergehend den schalen Gestank des verschütteten Biers überlagerte. „Harke und Dorothea“, sagte er feierlich, „innerhalb der kürzesten Frist, die möglich ist, habt ihr uns zwei Feste ausgerichtet, die niemand so leicht vergessen wird. Laßt mich rechnen, es müssen gerade ein paar Tage mehr als neun Monate her sein ... “ Er nahm die Finger zu Hilfe und zählte, aber mitten drin brach er ab und lachte schallend, während Harke stolz grinste. Dorothea aber kroch verschämt in die Bettwäsche. „Oder ist es etwa noch weniger?“ stichelte der Festredner. Er wartete solange, bis die junge Frau endlich den Kopf geschüttelt hatte, dann fuhr er fort: „Und in weiteren neun Monaten wollen wir uns hier wieder versammeln, und so soll es die nächsten Jahre weitergehen; das wünschen wir euch von Herzen, liebes Paar, und darauf laßt uns anstoßen.“

Dorothea hob langsam den Kopf; diejenigen, die das Glück hatten, eine Schale mit Warmbier in der Hand zu halten, nahmen einen kräftigen Schluck, und dann stimmten sie alle das Lied an: „Sie leben hoch und immer höher ... “, dessen viele Strophen lange Zeit in Anspruch nahmen und dessen Refrain zum Teil in Friesisch, zum Teil in Dänisch oder sogar in Plattdeutsch gesungen wurde, je nachdem, wo einer herkam.

Der Gesang endete mit Knüffen und Püffen, weil alle zum Biergrapen drängten, und wurde schließlich zum Tumult.

Der Lärm verschluckte manches, was gesagt wurde, aber trotzdem hörten die meisten, wie der große, kräftige Schmied Wolle mit dröhnender Stimme zum Hausherrn sprach: „Paß auf, Harke, daß es dir nicht so ergeht wie gewissen Leuten. Wenn eines Tages ein Balg in deiner Wiege liegt, das nicht aussieht wie du, sondern wie dein Nachbar, dann weißt du ja, was passiert ist."

Harke runzelte die Stirn und fühlte nach seinem Messer. Dies war kein Spaß mehr. Die Langsbüller wußten alle, worauf der Schmied anspielte: auf Claus Clausen, genannt Sturm. Ein Windbeutel war er, und es hieß, daß er in seiner Jugend mehrere Kinder gezeugt hätte, und kein einziges davon trug seinen Namen, aber alle hatten sie die roten Haare, die sich wesentlich besser vererbt hatten. Der Vater, Claus Wind, war genauso gewesen.

Da Harke unentschlossen stehengeblieben war, reizte Wolle weiter. „Und wenn einer einen Wind zum Großvater und einen Sturm zum Vater hat, kann er selbst ja nur noch zum Orkan werden. Hättest du gerne einen Rothaarigen in der Familie?"

Das reichte. Harke bahnte sich wutschnaubend den Weg durch seine Gäste, und Bahne ließ unwillkürlich seinen Blick schweifen. Kein einziger Rothaariger war da, außer Gotje, jedoch stammte sie ja nicht von hier. Aber ihre Haut war so durchscheinend, wie sie es bei Rothaarigen zu sein pflegt, und die goldenen Locken, die sich unter der Haube hervorkringelten, schimmerten rötlich.

Harke wurde von einigen grinsenden jungen Männern festgehalten und gezwungen, einen Becher Branntwein zu leeren. Danach verging ihm der Kampfesmut. Der Schmied Wolle zog mit einer Gruppe von älteren Männern ab, und auch die Frauen verließen die Wöchnerin, die erschöpft zusammensackte.

Jetzt endlich sahen die Freunde von Harke den Moment gekommen, auf den sie die ganze Zeit gelauert hatten. Ein kräftiger Stock war plötzlich da, sie steckten ihn durch den Henkel des Grapens und wuchteten ihn zur Tür hinaus. Der Knotenstock flog zwar hinter dem letzten Jungen her, das schadete aber nichts, und so hatte Dorothea, wie vorgesehen, endlich den Kampf verloren.

Noch bis in die Nacht lärmten draußen die jungen Leute, denn der Säugling wurde gefeiert, nachdem der Grapen längst geleert war. Auch Bahne kam erst spät in der Nacht in sein Bett, ohne irgendeinen Gedanken an die roten Haare von Langsbüll zu verschwenden.

4.
Faule Geschäfte

Am Sonntagmorgen waren die Langsbüller früh auf den Beinen, denn sie hatten zur Kirche in Deezbüll einen weiten Weg.

Noch war es neblig, feucht und kalt, aber ein leichter Wind erhob sich, und man konnte hoffen, daß er den Nebel wegfächeln und es ein sonniger Tag werden würde. Bahne witterte in die Luft: Der Geruch nach moderndem Laub kam in seine Nase, von verbranntem Holz und Kraut, von faulenden Äpfeln und dazwischen ganz zart von Salzwasser; es war Ebbe. Er ging allein; er war maulfaul und noch müde, und er hatte keine Lust, sich jemandem anzuschließen. Wie es sich gehörte, war er im Feiertagsstaat, der ihn zwang, sich förmlich und steif zu bewegen.

Der Gottesdienst war wie gewöhnlich lang und ermüdend, aber heute hatte es anscheinend der Pastor auf die Langsbüller abgesehen. Mehrmals sprach er vom gottlosen und sündigen nächtlichen Treiben in einem gewissen Dorf. „War er etwa dabei?" hörte Bahne einen Deezbüller vernehmlich fragen, und der Pastor schritt nicht ein, genauso wenig wie gegen die zwei Kartenspieler, die ebenfalls aus Deezbüll stammten.

Bahne sah sich um. Wer von den Langsbüllern nicht schlief oder döste, machte ein finsteres Gesicht. Aber, was half's? Bei Streitigkeiten zwischen einer Gemeinde und ihrem Pastor nahm die Obrigkeit in jedem Fall die Partei des Geistlichen.

Der junge Deichbauer war froh, als der Gottesdienst endlich vorbei war und er in die Sonne hinaustreten konnte. Nun, im Gedränge, und nachdem man die Christenpflicht hinter sich gebracht und aus dem Blickfeld des strengen Pastors war, waren die meisten lockerer geworden. Scherzhafte Worte flogen zwischen den jungen Burschen über die Köpfe anderer, meist der Mädchen, hinweg.

„Komm“, sagte eine ältere Frau und zog energisch ihre Tochter weg. „Der ist nichts für dich.“

Bahne sah den jungen Mann verschmitzt grinsen. Er wußte wohl einen anderen Weg. Der Deichbauer atmete tief ein. Er kannte noch einen, dem es ähnlich gehen würde: ihm selber. Auch er war keine Partie für das Mädchen, das ihm gut gefiel. Zwar hatten seine Eltern einen recht großen Hof, aber Bahne war nur der zweite Sohn und konnte sich keine Hoffnung auf ihn machen. Deswegen war er ja Deichbauer geworden ... Die Tochter eines Deichgrafen jedenfalls war so unerreichbar für ihn wie eine dänische Adlige.

Er sah sich um, und endlich erblickte er Gotje. Sie trat gerade zusammen mit ihrem Vater und dem Pastor aus dem Kirchenportal.

„Jungfer Gotje!“ rief er in seiner Begeisterung und schwenkte überschwenglich seinen Hut, damit sie ihn bemerkte.

Sie lächelte nur leise, und der enttäuschte Deichbauer entschuldigte sie sogleich in Gedanken. Sie darf wegen ihres Vaters nicht, sagte er sich. Während der Deichgraf, in ein sehr ernstes Gespräch vertieft, mit dem Rücken zu Bahne stand, schob der junge Mann sich durch die Kirchgänger, ohne das junge Mädchen eine Sekunde aus den Augen zu verlieren. Gotje war wie üblich in Begleitung ihres Vaters in der Kirche gewesen; die Mutter war nicht mitgekommen: Sie war eine merkwürdige Frau, wie es hieß; man sah sie selten, und Bahne kannte sie überhaupt nicht.

Auch Gotje war heute festlich angezogen: Sie trug ihren

schwarzen Kortel, der zu Ehren des Sonntags blaue Ärmel hatte. Ein Stückchen unter dem Kleid lugte der weiße Smok, der Unterrock, heraus. Auch der über die Schulter geworfene Mantel und die Haube gehörten zum Feiertag.

„Einen wunderschönen guten Morgen, Herr Deichgraf", rief Bahne fröhlich, als er sich endlich zu ihnen vorgedrängt hatte.

Herr Eckermann aber sah nur kurz und verdrossen herüber und nickte dann knapp. Brüsk drehte er sich wieder zu seinem Gesprächspartner um. Bahne blickte Gotje fragend an, und sie ließ erkennen, daß sie die Abfuhr wohl bemerkt hatte, die der Deichgraf seinem Gehilfen erteilt hatte, aber auch nicht wußte, warum.

Eckermann beendete sein Gespräch und bahnte sich rücksichtslos den Weg durch die Kirchgänger, um zu seinem Wagen zu gelangen. Bahne, dessen Blick dem Deichgrafen und seiner Tochter folgte, bemerkte, wie achtlos er Frauen und Kinder beiseiteknuffte, ohne darauf zu achten, wo er hintrat. Die arme Margaretha Sönksen, die als gefallenes Mädchen galt, stieß er mit Absicht, da war sich Bahne sicher.

Als Zeichen ihrer Schande trug Margaretha unter der Haube mit den hölzernen Flügeln einen roten Stirnlappen. Von den Männern wurde sie stets mit Spott behandelt, obwohl die ja nicht ganz unschuldig an ihrem Unglück waren, und die Frauen sahen sie über die Achsel an.

Bahne seufzte und machte sich zu Fuß auf den Heimweg.

Der Deichgraf fuhr mit seiner Tochter los, ohne einen Blick an seinen Gehilfen zu verschwenden. Bald waren sie an ihrem Haus am Nordende von Langsbüll angekommen. Der große, stattliche Haubarg war in dieser Gegend ungewöhnlich; der Deichgraf hatte ihn billig erstanden.

Eckermann blickte flüchtig am Giebel hoch, bevor er eintrat. Ihm war das Haus etwas zu groß, er selber hatte weder genug Ochsen noch Getreide, um es auszufüllen, aber das machte nichts, das Dach war gesund, und er wollte sein Leben gewiß nicht hier verbringen. Die Bauern gewöhnten sich bereits an den Anblick von Haubargen. Er würde seinen ohne weiteres verkaufen können.

Polternd trat er in die Diele. „Bring mir Branntwein“, befahl er seiner Frau, ohne sie eines Blickes zu würdigen.

Frau Güde Maria kehrte sofort schweigend in die Küche zurück und holte, was ihr Mann verlangte. Sie stellte den braunen Schnapskrug mit dem bebärteten Männergesicht still auf den Tisch, und Gotje, die ihr gefolgt war, bemerkte, daß die Hände ihrer Mutter wieder zitterten. Güde Maria zog sich rasch und leise zurück, so, als wolle sie verhindern, daß ihr rauher Mann sie ansprach. Der aber hatte nicht die geringste Absicht. Übellaunig griff er zum Krug und schenkte sich einen Zinnbecher bis zum Rand ein.

Dieser besserwisserische junge Mann, dachte er und trank. Was versteht der schon vom Deichbau. Der hat mit nacktem Arsch im Schlick gesessen, als ich meinen ersten Deich baute. „Verdammt, wo bleibt das Essen?“ schrie er unbeherrscht, als die ersten Gläser ihn hungrig gemacht hatten.

Frau Güde stand bereits in der Tür. „Ich trage sofort auf“, beschwichtigte sie ihren jähzornigen Mann. Wenn er in dieser Stimmung war, konnte sie es ihm nie recht machen; was immer sie tat, es war verkehrt, noch mehr als sonst, und sie hatte Angst.

Nach dem Essen warf Eckermann sich auf sein Bett. Gleichgültig wie immer trampelte er mit den Stiefeln an den Füßen fast die Trennwand zum benachbarten Alkoven durch. „Verflucht nochmal!“ schrie er, als das Gesangbuch und die Bibel durch die Erschütterung vom Brett und ihm auf den Kopf fielen. Er schmetterte sie in die Stube. Die silberne Schließe des Gesangbuchs sprang auf, und ein kleines Zettelchen fiel heraus.

Gotje, die sich im Raum zu schaffen machte, bemerkte, wie ihre Mutter tief errötete und hastig beides aufsammelte. Das Buch verbarg sie unter ihrer schmalen Schürze.

Der Deichgraf brummelte und schlief nach wenigen Minuten ein.

Frau Güde Maria blickte vorsichtig um die Ecke in den Alkoven. Besser betrunken und im Schlaf als wach und jähzornig, dachte sie, als sie ihn liegen sah, dick wie ein Faß und mit waberndem Fettbauch. Nein, ein Friese ist er nicht. Die Friesen waren schlank und groß, im Gegensatz zu diesem unappetitlichen Kloß, den ihr Vater ihr gegen jeden Brauch ins Bett gelegt hatte. Aber ihr Vater war dänischer Abstammung, und dort pflegten die Eltern die Ehen ihrer Kinder unter sich abzusprechen. Güde Maria aber sah sich als Friesin, denn hier war sie geboren, und mit friesischer Sprache war sie aufgewachsen, und deshalb hatte sie es auch für ihr gutes Recht angesehen, sich ihren Mann selbst zu wählen. Ihr Blick schwenkte zu Gotje hinüber, und ihre Tochter lächelte sie an. Stolz sah die Mutter auf ihre schöne Tochter und dankte im stillen Gott, daß ihr erspart geblieben war, von ihrem Mann Kinder zu empfangen.

Güde Maria war wieder ruhiger geworden, Gotje sah es mit Erleichterung. Zuweilen war ihre Mutter so nervös, daß sie ihren Vater bis aufs Blut reizte. Damit der Vater während dieser Zustände seiner Frau nicht außer sich geriet, half ihr Gotje, wo es ging, und schob sie auch wohl mal außer Reichweite des Vaters. Ein einziges Mal war sie hinzugekommen, als der Vater ihrer Mutter brutal ins Gesicht geschlagen hatte, und das, ohne betrunken zu sein. Stunden später erst hatte der Schreikrampf der Mutter aufgehört. Güde Maria und Gotje schlichen leise hinaus und gingen an ihre Pflichten.

Eckermann wachte erst am späten Nachmittag wieder auf, mit trockenem Mund und schlechter Laune; gerade rechtzeitig, um sich für den erwarteten Besucher präsentabel zu machen. Er strich aber nur die Haare zurück und schloß die Schließe seines Gürtels.

Der langaufgeschossene Bauer mit dem struppigen grauen Haar, der linkisch in die Vordiele hineinspähte und dann an der Tür zur Stube seine altertümlichen Schnabelschuhe mit den Holzsohlen abstreifte, grinste verlegen, als er sich dem Deichgrafen näherte.

„Nun, Martin Lämmerschwanz“, sprach Eckermann ihn an und gähnte laut.

„Es ist rechtskräftig", beeilte Martin sich zu erklären.

„Selbstverständlich, ich zweifle nicht daran", sagte Eckermann kühl. „Sonst hätte dein Besuch ja wohl keinen Sinn." Martin schluckte. Freundlichkeit vom Deichgrafen zu erwarten, war sinnlos. „Hier sind die Papiere", sagte er vorsichtig und schob sie ihm hinüber.

Dieser nahm sie wortlos an sich und fing an zu lesen. Er überprüfte sie gründlich, bis er sicher war, das Richtige erhalten zu haben. Martin hielt den Atem an, obwohl er ganz genau wußte, daß alles an diesem Dokument seine Richtigkeit hatte. Aber beim Deichgrafen wußte man nie ... Doch Eckermann war zufrieden. Mit einem unmerklichen Lächeln stand er auf, ging zum Ofen, unter dem er ächzend einen hölzernen Kasten hervorzog, und kramte darin herum. Schließlich nahm er die Geldkatze heraus, zählte einige Münzen ab und warf sie vor Martin Lämmerschwanz auf den Tisch. Martin rechnete umständlich nach und war zufrieden.

„Für deine Mühe kannst du die Weide im Sommer kostenlos benutzen", erlaubte der Deichgraf gönnerhaft. „Den dazugehörigen Deich pflegst du mir aber ordentlich."

Martin war schon auf dem Weg aus dem Zimmer. Er nickte beflissen, schlüpfte in seine Schuhe und machte, daß er aus dem Haus kam. Ihn ging es nichts an, daß der Deichgraf sich auf diesem Wege in den Besitz eines Deichstückes gesetzt hatte, aber rechtens war es nicht, das wußte er wohl. Draußen fiel ihm ein, daß es ein guter Spaß sein würde, den Deichrichtern diesen Dreh mitzuteilen. Er lachte, aber dann blieb ihm das Lachen im Hals stecken. Die würden ihn eher einen Kopf kürzer machen, als ihm glauben. Angst überkam ihn, und er rannte beinahe das letzte Stück Weges bis zum Dorf. Fiecken Plausch saß wie üblich an ihrem Fenster, aber er sah sie nicht.

Der Deichgraf trank beide Schnäpse, die zu einem Kaufabschluß gehörten. Mit Befriedigung dachte er daran, wieviele Ruten Deich er bereits an Adlige aus Holstein, aber auch an Finanziers aus Hamburg weiterverkauft hatte, mit hohem Gewinn selbstverständlich. Aber auch seine erfolgreichen Geschäfte konnten ihm nicht aus seiner üblen Laune heraushelfen. Er blieb unzufrieden und unruhig.

5.
Die Entlassung

Am nächsten Morgen war Bahne, der Deichbauer, schon früh am Deich. Eckermann hatte verreisen müssen, er war nach Tondern auf das Amt bestellt worden und würde erst in der nächsten Woche wieder am Deich sein. Die Arbeiter waren noch gar nicht erschienen, aber Bahne maß und rechnete, schritt hin und her, den Deichabhang entlang und zurück, stellte Stangen hin und rückte sie wieder weg, kurz, er war in seine Arbeit vertieft, wie es nur einer sein kann, der seinen Beruf liebt.

Nachdem er lange darüber nachgedacht hatte, hatte er sich entschlossen, das Stück Deich, für das er verantwortlich war, so anzulegen, wie die Holländer es taten. Die Böschung würde flach und lang werden; auf eine Spundwand wollte er ganz verzichten. Die neuartigen Deiche waren nicht nur besser, sondern auch billiger zu bauen, denn das teure Holz mitsamt Fracht und Versicherung entfiel. Vielleicht konnte er den Deichgrafen überzeugen.

Fünfzig Störten hatte Bahne in seinem Teilabschnitt im Einsatz, und damit kam er gut zurecht. Diese dreirädrigen Karren wurden von Pferden gezogen. Dazu kamen die neuen Schubkarren, eine Erfindung des Herrn Johann Clausen Koth, der seitdem Johann Rollwagen hieß. Böhren, die Tragbahren, ließ er nicht mehr benutzen.

Als die Deicharbeiter kamen, informierte der junge Deichbauer sie, und ihnen war es gleich. Wenn Herr Bahne die Verantwortung übernahm, waren sie bereit, anders als sonst zu bauen, auch weil die Arbeit dadurch weniger schwer war.

Sie packten ordentlich zu, wie meistens, wenn Eckermann

außer Sicht war. Selbst den Pferden und Ochsen schien aufzugehen, daß die Arbeit angenehmer war, die Wagen ließen sich leichter ziehen und kippten auch nicht, und die Peitschen pfiffen ihnen nicht immerfort um die Köpfe.

Nach zwei Tagen besah der junge Deichbauer sich stolz die fortschreitende Bedeichung.

„Herr Bahne, die Steine sind angekommen", meldete einer der Männer, der lehmbeschmutzt und atemlos über den Deich geklettert kam.

Bahne eilte auf die andere Seite des Deichs zu den Wagen mit Feldsteinen, die er hatte zusammensuchen lassen. In seinem Kopf hatte sich die fixe Idee festgesetzt, daß es möglich sein müßte, den Deichfuß so schwer zu machen, daß das Wasser darüber hinwegrollen würde. Es sollte nicht unvermittelt gestoppt werden, wie es die Alten vorschrieben, sondern seine Kraft müßte langsam gebremst werden; an der Stelle, wo es anfing, nach oben zu rollen, mußte man den Deich so widerstandsfähig wie möglich machen!

Er zeigte den Männern, was er meinte, und sie begannen, mit Stangen und Pfählen die Steine und Felsblöcke an ihren Platz zu hebeln. Enttäuscht erkannte Bahne nach stundenlanger schwerer Arbeit, daß seine Methode viel länger dauerte und viel teurer sein würde als ein Holzbollwerk. Trotzdem stellten sie einige Meter Deichfuß auf diese Weise fertig; man würde ja sehen, dachte Bahne trotzig. Wenn ein Deich wirklich hielt, war die teuerste Bauweise am Ende doch ihren Preis wert.

Nach einer Woche harter Arbeit war Bahne mit sich und den Männern zufrieden. Sie hatten etliche Meter Deich in wenigen Tagen geschafft, und verglichen mit dem, was bisher unter der Aufsicht vom Deichgrafen entstanden war, war es ungewöhnlich viel. Nur an der Übergangsstelle zwischen Alt und Neu, zwischen Hoch und Flach, war das Gelände von merkwürdiger Beschaffenheit, und hier sah man deutlich, daß die Gegensätze zwischen den verschiedenen Bauweisen nicht größer sein konnten.

Bahne konnte es kaum erwarten, dem Deichgrafen das Bauwerk vorzuführen.

Eckermann betrat, noch in Gedanken, den Neubau seines Gehilfen. Seine Unterredung mit dem Amtmann war unangenehm verlaufen, und seine Laune war nicht die beste. Als er auf der Deichkrone angelangt war, blieb er wie angewurzelt stehen und sah sich um. Bahne kam eilig heran. Eckermanns Blick blieb auf ihm haften.

„Was fällt Euch eigentlich ein, derart gegen die Anweisungen zu verstoßen?" schrie er unbeherrscht und ließ seine Reitpeitsche pfeifen. „Habt Ihr denn ganz und gar den Verstand verloren? Was soll denn das hier sein?"

Bahne war vor Schreck stumm.

„Nun?" fragte der Deichgraf mit schneidender Stimme.

„Der Deich ..." Bahne hatte einen Kloß im Hals und mußte sich räuspern.

Eckermann sah ihn eisig an.

„Der Deich ist viel widerstandsfähiger gegen das Wasser ..."

„Wo ist hier ein Deich?" fragte der Deichgraf und sah sich beziehungsvoll um. „Nennt Ihr dieses hier einen Deich, diesen Wall, dieses Wällchen?" Eckermann hob in voller Absicht die Stimme, und Bahne war so enttäuscht, daß er kein Wort zu seiner Rechtfertigung sagen konnte.

„Eine Woche Zeit und Arbeitskraft sind verloren, eine Woche", schrie der Deichgraf. Dabei sah er sich um, ob auch jeder zuhörte. Er war nicht im geringsten so unbeherrscht, wie er vorgab. Ihn leitete im Gegenteil eiskalte Überlegung, nachdem ein glücklicher Zufall ihm diese Möglichkeit in die Hände gespielt hatte. Sich Zufälle zunutze machen, das hatte er schon immer gekonnt. „Wenn jetzt ein Sturm kommt und den Deich hinterspült, seid Ihr schuld, Herr Bahne! Ist Euch das klar? Wolltet Ihr gar mit Absicht das Land überschwemmen, die Männer ertränken, die Familien brotlos, die Frauen zu Witwen machen?"

Bahne schwieg immer noch. Die Arbeiter, die in der Nähe waren, hatten einen engen Kreis um den Deichgrafen und seinen Gehilfen geschlossen, und ihre Gesichter, die anfangs nur neugierig gewesen waren, waren bedrohlich und verschlossen. Sie rückten noch näher an Bahne heran, als hätte er sie hereingelegt. Endlich gelang es ihm, sich aus seiner Erstarrung zu lösen.

„Aber der Deich ist haltbarer. Ihr werdet sehen, daß die Wellen weich abgefangen werden ... “

„Du, du Verbrecher“, rief einer der Männer, und andere stimmten ihm zu. „Wenn wir nun alle ertrinken?“

Eckermann baute sich vor seinem Gehilfen auf, die Arme in die Seite gestemmt. „Was habt Ihr gegen die braven Leute hier?“ fragte er laut. „Sie haben es nicht verdient, daß man sie wie Katzen ersäuft. Hätte ich gewußt, daß Ihr so einer seid, hätte ich Euch bestimmt nicht angestellt.“ Er schnaufte vor Aufregung und wandte sich dann von Bahne ab.

„Aber wie kann denn jemand ertrinken“, rief Bahne empört, „solange niemand im neuen Koog wohnt? Und außerdem sage ich euch, der Deich ist besser!“

Das war eine schwache Verteidigung, aber die Besonnenen unter den Arbeitern gaben ihm recht. „Regt euch nicht auf Leute“, sprach einer für ihn, „es ist ja nichts passiert. Wenn wir die Deichkrone noch ein wenig erhöhen, ist dieser Deich so gut wie die anderen.“

Der Deichgraf fuhr herum und musterte den Mann, der mit einem eigenen Vorschlag gekommen war. „Mit meinem Material nicht! Klei und Sand, die hier vorgesehen waren, sind verbraucht. Wenn wir mehr verwenden, fehlt es uns an anderer Stelle!“

Die Männer nickten zögernd, daran hatte keiner gedacht.

„Herr Bahne kann nur versuchen, den Schaden wieder gutzumachen und auf eigene Rechnung Baumaterial ankaufen.“ Der Deichgraf betrachtete seinen Gehilfen gleichgültig. Daß sein Vorschlag ruinös und unmöglich war, ließ ihn kalt. „Mietet Fuhrwerke, laßt Klei graben, Sand abfüllen und Buschwerk schlagen, dann können wir nochmals darüber reden.“

Der junge Mann wurde bleich. „Dafür habe ich aber Holz gespart“, wandte er ein.

„So ein Unsinn“, erwiderte der Deichgraf barsch. „Das Holz ist bezahlt. Wenn wir es nicht verbrauchen, bleibt es liegen, und die Leute holen es sich.“

Genaugenommen stimmte dies nicht, wie nichts ganz stimmte, was der Deichgraf sagte. Bahne erkannte, daß Eckermann es darauf anlegte, ihn vor den Leuten ins Unrecht zu setzen. Aber bevor ihm das klar geworden war, hatte der Deichgraf etwas Neues entdeckt.

„Was ist das da?“ schrie er lautstark und wies auf den Uferrand, an dem die Steindecke sich wie ein silbrig glänzender Bachlauf von der Böschung abhob. „Soll das etwa nichts gekostet haben?“ fragte er und eilte mit flatternden Wamsschößen den Abhang hinunter.

Bahne rannte hinter ihm her und bemühte sich zu erklären, aber der Deichgraf wollte keine Erklärungen. Er bückte sich und versuchte einen Stein aufzuheben; als ihm das nicht gelang, probierte er es anderswo und fand schließlich zwischen großen Wackersteinen einen kleinen Kiesel. „Glaubt Ihr etwa, das Wasser könnte diese Steinchen nicht wegschwemmen?“ fauchte er und warf ihn in den Schlick.

Ungeschickt begann Bahne wieder seine Verteidigung: „Die Holländer ...“ und wurde sofort unterbrochen. „Die Holländer! Wir sind Friesen, und was für die Holländer reichen mag, ist für uns noch lange nicht gut genug! Bauwerke müssen es sein, keine Schüttungen!“

Der Deichgraf rannte hierhin und dorthin, legte sich sogar auf die Knie, um die Steigung des Deiches mit schräggelegtem Kopf zu prüfen, kam mit nassem Beinkleid wieder hoch, eilte schnaufend woanders hin und schüttelte mißgelaunt den Kopf. Er steigerte sich immer mehr in seine Entrüstung hinein. „Vergeblich, alles vergeblich, was wir bisher gebaut haben“, klagte er vernehmlich.

Bahne resignierte. Es war unmöglich, seinen Vorgesetzten zu belehren. „Ich werde versuchen, es wieder gutzumachen“, versprach er reuig. „Ich werde die doppelte Zeit arbeiten, und ...“

„Ihr?“ fragte der Deichgraf mit hochgezogenen Augenbrauen. „Nichts dergleichen werdet Ihr machen. Statt dessen werdet Ihr auf der Stelle den Deich verlassen und Euch hier nie mehr blicken lassen.“ Mit ausgestrecktem Arm wies er seinen ehemaligen Gehilfen von der Baustelle.

Bahne Andresen stand wie versteinert. Er konnte sich nicht vorstellen, daß sein Vorgesetzter es wirklich so meinte. Er blickte ihn fragend an.

„Wird es bald?“ fragte Eckermann gefährlich leise. Die Hand, in der er die Reitpeitsche hielt, vibrierte.

Bahne verstand. Er ging.

Eckermann blickte ihm nach. Ein höhnisches Lächeln umspielte kaum sichtbar seine Mundwinkel. Außer dem Mann, der versucht hatte, Bahne zu helfen, bemerkte es keiner, und dieser wunderte sich.

6.
Der Deichdurchstich

Claus Clausen Sturm machte seinem Spitznamen keine Ehre. Er saß zu Hause in seinem kleinen Haus und wälzte trübe Gedanken. Aber wie er sie auch hin und her wendete, eine Lösung wollte ihm nicht einfallen: Er hatte seinen Hof heruntergewirtschaftet. Und es sah mit ihm besonders böse deshalb aus, weil er sich durch seine fröhliche Art und seinen Charme mehr Kredit verschafft hatte, als gut war, und deshalb war er auch schwerer verschuldet, als man es üblicherweise sein konnte, wenn man ein ganz gewöhnlicher Bauer war. Ja, sein gutes Aussehen und seine friesische Beredsamkeit, die nicht nur auf Frauen, sondern auch auf Männer wirkten, hatten ihm keinen Nutzen gebracht.

Vorbei waren die Zeiten, in denen er während der Feste die Festrede gehalten hatte, auf die alle gewartet hatten; bei ihm sprühten die Reden vor Lebendigkeit, waren gespickt mit witzigen Vorkommnissen und so umwerfend komisch, daß die gespannten Zuhörer vor Lachen von den Bänken fielen. Oh ja, seine Anwesenheit hatten die Gastgeber zu schätzen gewußt, aber das war schon lange vorbei.

Claus Sturm saß in seinem Sessel mit dem Weidensitz, den er selber geflochten hatte, und blickte mit trüben Augen auf die Holzwand vor sich. Er seufzte. Eigentlich war alles in seinem Leben danebengegangen. Den Hof, den er gar nicht hatte haben wollen, hatte er übernehmen müssen, weil kein anderer Erbe da war. Er selbst wäre viel lieber ohne Erbschaft in die Welt gezogen, wie das bei jüngeren Brüdern üblich war, wenn sie sich nicht damit begnügten, Knecht auf dem väterlichen Hof zu spielen. Und die Frauen, die ihm alle zu Füßen lagen, wollte er auch nicht haben. Zwar hatte er sich ihren Anträgen nicht gerade widersetzt, das konnte man nun nicht behaupten, im Gegenteil, er hatte nichts anbrennen lassen. Ja, die schönen, schlanken friesischen Frauen mit den goldenen Haaren und den eingeflochtenen bunten Bändern in den Zöpfen! Claus Sturm sah aus dem Fenster und lächelte wehmütig.

Aber die eine, die er hatte haben wollen, hatte er nicht bekommen, und deshalb war er bis auf den heutigen Tag unverheiratet, so merkwürdig das auch war. Ausgerechnet er, der Liebling der Frauen.

Sein geliebtes Mädchen hatte ihn nicht etwa abgelehnt, nein, auch sie hatte ihn haben wollen; aber ihr Vater hatte sie gezwungen, einen anderen Mann zu heiraten, aus finanziellen Gründen, wie es hieß. Denn nach der Hochzeit war der alte Hof abgerissen und ein Dreikanthof gebaut worden. Dieser Großhof nun bildete den Grundstock für eine geradezu sichtbare Vermögenssteigerung bei dem Vater des Mädchens, das er geliebt hatte.

Und nun hatte er, der rasche Claus Sturm, der nichts anbrennen ließ, auch seinen Hof verloren ... Geest trägt keinen Deich, sagte man. Das war ja schön und gut, aber es half ihm nichts, denn Geestboden besaß er gar nicht. Alles war bereits verkauft, außer dem Marschland, das zum Deich gehörte, und das war seit dem Spatenstich des Deichrichters nicht mehr sein. Plötzlich fiel ihm wieder etwas ein, über das er schon flüchtig nachgedacht hatte, ohne zu einem Ergebnis zu kommen. Wo mochte Martin Lämmerschwanz nur das Geld für die Übernahme des Landes herhaben? Soviel besaß er ja gar nicht. Eigentlich war der doch auch ein armer Schlucker.

Claus Clausen sah sich mit offenen Augen in seinem Haus um. Nicht wie sonst, wenn der Blick flüchtig über liebgewordene Gegenstände schweift, ohne sie eigentlich zu bemerken, ja im Grunde bemerkt man eher ihr Fehlen als ihre Anwesenheit. Nein, er betrachtete alles, als ob es das letzte Mal sei, wie ein Flüchtling vor Hochwasser und wie einer, der in den Krieg ziehen muß. Das meiste von dem, was einen gewissen Wert besessen hatte, war schon fort, verkauft und verpfändet: die Familienbibel, das kupferne Taufbecken, eine Bettpfanne aus Messing und die Feuerkieke. Von seiner Mutter stammte es, sie kam aus einem wohlhabenden Haus und war dem rotlockigen, schönen Claus Wind weit unter ihre Verhältnisse in ein recht ärmliches Haus gefolgt.

Trotzdem, es war sein Geburtshaus, und er verließ es ungern. Noch hatte der Käufer des Landes sich nicht dazu geäußert, was mit dem Haus werden sollte; er konnte darin einziehen, konnte aber auch vom Enteigneten verlangen, daß dieser das Haus abriß und die Reste beseitigte. Na ja, noch war es nicht soweit, dachte Claus Sturm, vielleicht konnte er noch einige Wochen herausschinden. Und möglicherweise konnte er sich mit Martin auch einigen.

Ja, das Problem war, bei Licht besehen, eigentlich nicht Martin Lämmerschwanz. Dem mußte man wohl das Recht zugestehen zu kaufen, was er wollte. Sein Ärger galt vielmehr den unsinnigen Deichbestimmungen, die einem Mann einfach das Eigentum abnehmen konnten. War es etwa seine Schuld, daß die Seuche in seinem Stall eingezogen war? Verfluchter Steertwurm! Und wer war der wirklich Schuldige? Doch niemand anders als die Obrigkeit, die bei den Sperrmaßnahmen geschlampt hatte. Und wer mußte büßen? Die kleinen Bauern. Leute wie der Deichgraf schwindelten sich aus solchen Klemmen immer heraus. Die ließen einfach einen Aufkäufer aus Hamburg kommen, der kam unter devoten Bücklingen in den Stall geschlichen und kaufte die Ochsen in Bausch und Bogen. Und dann legten sie ihr Geld eben anders an, in Spekulationen um Neuland zum Beispiel. Die kleinen Bauern aber, die konnten keinen

Aufkäufer bestellen, für zwei Ochsen tat der keinen Schritt aus dem Haus ...

Claus stand auf, wanderte unruhig in der kleinen Stube hin und her und überlegte. Ein Gedanke begann sich in ihm festzusetzen, und je länger er nachdachte, desto erfreulicher wurde die Aussicht darauf, den Plan durchzuführen. Endlich einmal etwas zu Ende bringen ...

Er setzte sich wieder und fing an, mit dem Finger Linien auf den staubigen Tisch zu malen. Der Haubarg von Peter Eckermann lag an einsamer Stelle ziemlich dicht östlich des Deiches, der auf Deezbüll zulief. Just an dieser Stelle war der Deich mit einem Bollwerk verstärkt worden, weil er sich schon einmal dort als zu schwach erwiesen hatte. Wenn das Holz erst einmal beseitigt war, würde der Rest ein Kinderspiel sein ...

Nun war noch die Zeit zu bedenken. Es mußte vor einem Sturm geschehen, das war klar, und da paßte die heutige Nacht gut. Außerdem mußte Ebbe sein. Einige Stunden würde er brauchen, denn es war immerhin schwere Arbeit. Aber er fühlte sich stark und zuversichtlich. Claus Sturm lächelte grimmig und rechnete kaltblütig seinen Zeitbedarf nach. Das paßte alles wunderbar.

Entspannt ließ er sich in seinen hölzernen Stuhl sinken. Einen Fehler konnte er in seinem Plan nicht entdecken. Einige Vorbereitungen mußte er noch treffen, aber die hatten Zeit bis zum Nachmittag. In aller Ruhe legte er sich in sein Alkovenbett.

Als er pünktlich aufgewacht war, ging er sofort an die Haustür, um sich draußen umzusehen. „Prächtig, prächtig", murmelte er und rieb sich die Hände. Der erste Herbststurm war da, schneller, als er ihn erwartet hatte. Die einzelnen Wolkenberge des Morgens waren einer schwarzen Wolkenwand gewichen, und der Wind pfiff durch die Bäume. Das Laub, das gestern noch gelb und braun an den Bäumen gehangen hatte, wirbelte durch den Garten. Nur die Pappelblätter hielten sich wie immer hartnäckig. Claus Sturm, immer noch an der Haustür, stimmte ein freches Lied an. Er fürchtete den Sturm und die Geistermächte nicht und lachte über Gespenster. Das war etwas für zaghafte Gemüter ... Der Drang zu besonderen Taten wuchs in ihm. Wie früher. Kaum hatte er einen neuen Plan gefaßt, bekam Bruder Leichtfuß in ihm wieder Oberhand.

Konzentriert durchdachte er sein Vorhaben. Einen kräftigen Spaten brauchte er, eine schwere Axt, eine lange Stange, die sich als Hebel verwenden ließ, und ein dickes Tau. Der Rest waren Kraft und Schläue.

Als die Dunkelheit sich über das Dorf gesenkt hatte, trat er durch den Hintereingang seines Hauses, schlich am Brunnen vorbei, wo am langen Schwengel der Ledereimer bereits wild hin- und herschwankte und im Wind knarrte; zwischen den Kohlköpfen und über den Wermut springend, schoß er durch den Garten und kroch dann über den Wall auf die benachbarte Fenne. Im Schutz der kleinen Wälle hinter den Häusern, die wie kleine Deiche als letztes Bollwerk gegen Überflutungen wirken sollten, ging er zügig bis zum Nordrand des Dorfes. Dort war so gut wie jede Gefahr, bemerkt zu werden, vorbei.

Um den Haubarg machte er einen großen Bogen und kletterte die letzten Meter auf der Außenseite des Deiches entlang, wo einige liegende Schafe entsetzt Reißaus nahmen. Vorsichtig kroch er schließlich den Deichabhang hoch und spähte darüber hinweg. Die vom steten Westwind schräg geschorenen Bäume und Büsche, die das deichgräfliche Haus umgaben, machten den Einblick unmöglich. Lediglich das flackernde Lichtchen in der Stube zeigte an, daß irgend jemand nicht zu Bett gegangen war. Vermutlich der Deichgraf selber. Aber der würde trotzdem nichts hören können, der Wind war viel zu laut.

Das Graben am Deich war mühsam, aber Claus Sturm machte sich nichts daraus, er war stark trotz seines Alters, das, soviel er wußte, zweiundvierzig Jahre betrug. In aller Ruhe schlug er mit kräftigen Schlägen einige Pfähle an ihrem unteren Ende durch; diese bildeten zusammen mit den quer dazwischen angenagelten Brettern den Fuß des Deiches. In breiter Front köpfte der entschlossene Bauer die

Verriegelungen der Zuganker. Danach hob er mit der Schaufel Kleierde aus, bis er an den Sandkern des Deiches gelangt war. Klei und Sand, die allmählich herabrieselten, warf er in den Schlick hinter sich. Noch war Ebbe, und das Wasser war weit weg. Überhaupt konnte er sorglos den Abraum verstreuen, wohin er wollte. Denn war die schützende Decke aus Holz und Grasbewuchs erst einmal zerstört, würde das Wasser mühelos das Loch erweitern und den Sand herausspülen, zumal der Deich alt und nicht in bestem Zustand war.

Nach mehreren Stunden war es soweit: Er hatte einen schmalen Durchstich durch den Deich geschafft, zwar nicht auf der Deichsohle, aber es würde reichen. Zum ersten Mal seit Stunden richtete er sich stöhnend auf, machte den Rücken gerade und verfolgte aufmerksam, wie die ersten Wellen anfingen, den Abraum von Sand und Klei wegzuschäumen.

Die Rückkehr in sein Haus war so einfach wie der Hinweg. Er war zwar hundemüde, aber gleichzeitig so zufrieden mit sich selbst wie seit langem nicht. Dem Deichgrafen, für ihn gleichzeitig Obrigkeit und Dieb seines geliebten Mädchens, würde er einen Denkzettel verpassen, den dieser sein Lebtag lang nicht vergessen würde. Mit einem Achselzucken ging er darüber hinweg, daß er mit dem Deichdurchstich eines der größten Verbrechen begangen hatte, die bei den Friesen möglich waren.

7. Aufräumarbeiten

Der Sturm war nicht besonders stark, nur ein kleines Vorspiel zu dem, was alljährlich im Spätherbst an Stürmen über das flache nordfriesische Land ging. Er zog auch bald weiter und flaute deshalb schnell ab. Ebenso schnell sank das Wasser wieder, das durch den Deichdurchstich hereingeströmt war. Die Langsbüller trauten ihren Augen nicht, als sie das Wasser auf ihren Weiden sahen; durch die Gartenpforten war es auch in einige Gärten hineingelaufen. Sie begannen, nach den Ursachen zu forschen, denn der Sturm war nicht stark genug gewesen, um einen Deichbruch zu verursachen; weil er nur ein Stürmchen gewesen war, hatte man in der Nacht noch nicht einmal Kontrollgänge durchgeführt.

Ein paar hundert Meter nördlich von Langsbüll sah es viel bedenklicher aus. Der Deichgraf, der in seinen hohen Lederstiefeln durch das Wasser watete, konnte von der Hofeinfahrt mit einem Blick erkennen, wo der Wassereinbruch stattgefunden hatte.

Gegenüber dem Haubarg war der Deich in beträchtlicher Länge eingerissen und weggeschwemmt worden. Sand hatte sich auf seinen Weiden verteilt, das Buschwerk, das in jungen Flickstellen des Deiches gesteckt hatte, schwamm irgendwo herum. Der Klei war zu einer klebrigen Masse aufgeweicht worden, und allein das Betreten des zerstörten Deiches war schwierig.

Der Deichgraf Peter Eckermann, selber durch den Regen aufgeweicht, stand fluchend mit seinen Knechten im Matsch und versuchte, die Ochsen zu beruhigen. Die wären sicher durchgegangen, hätten sie nur gekonnt. Aber auch sie wurden durch Wasser und Schlick behindert, und so brüllten sie zornig und stießen mit den langen Hörnern wild in den Matsch, daß die Erdbrocken flogen.

Es war nicht Claus Clausen Sturms Verdienst, daß die Schäden sich in Grenzen hielten, es war allein dem unerwartet schnell weiterziehenden Wetter zu danken; trotzdem hatte man stundenlang zu tun, um aufzuräumen. Vor allem war es wichtig, das Loch im Deich zu stopfen, man konnte ja nie wissen, wann der Wind das nächste Mal aufbrisen würde. Auch in Deezbüll hatten die Kirchenglocken geläutet, um alle zusammenzurufen, und da die Glocke präzise fünfmal angeschlagen hatte, wußte man, daß der Deich irgendwo gebrochen war. Nachdem die Männer an der Kirche zusammengelaufen waren und erfahren hatten, um was es sich handelte, begannen auch sie mit der Arbeit. Jeder wußte, was zu tun war. Es war nicht das erste Mal.

Alle Langsbüller beteiligten sich an den Arbeiten: Die Frauen und Kinder füllten die Sandsäcke, die Männer hievten sie auf niedrige Ochsenkarren und lenkten sie zum Deichbruch. Einige Männer fuhren in das Zentrum des Kornkooges, an dessen Rand Langsbüll lag, wo am Rand des Moores noch genügend Busch und junges Gehölz wuchs. Sie schlugen mehrere Fuhren Buschwerk, das im Dorf zu Buschwalzen verarbeitet wurde. Das Buschwerk wurde mit Erde gefüllt, mit Strohbündeln umwickelt und schließlich zusammengebunden; diese Buschwalzen waren weitaus besser gegen die Wucht des Wassers als Sandsäcke.

Nach zwei Tagen war der Deich wieder geschlossen. Nicht zuletzt hatte man die schnelle Arbeit dem Deichgrafen zu verdanken, der alles in reichem Maße zur Verfügung gestellt hatte, was benötigt wurde, selbst seine Knechte und eine Ramme. Manch einer fragte sich, ob Eckermann wohl auch so großzügig gewesen wäre, wenn das Loch nicht just vor seiner Tür gelegen hätte ...

Nachdem die unmittelbare Gefahr vorüber war, begann die Suche nach dem Täter, denn daß das Loch nicht von selbst entstanden war, ließ sich gut an den abgebeilten Pfählen des Holzbollwerks erkennen. Der Deichgraf schwor, den Verbrecher zu finden, und das glaubte man ihm aufs Wort, denn aus seinen Augen leuchtete der Haß.

Eckermann saß mit dem Deichrichter Detlef Johannsen in der großen Stube seines Hauses und beriet. In den Händen der sechzehn Deichrichter ruhte nach dem Spadelandsrecht die höchste richterliche und polizeiliche Gewalt. Deichrichter und Deichgraf waren für die Bestrafung des Täters verantwortlich. Zu den Pflichten der Richter gehörte auch die Begehung der Deiche nach einem Sturm, und aufgebracht hatte Eckermann den Deichrichter durch den Bruch geführt, hatte ihn hinauf und herunter klettern lassen, hatte ihn durch den Matsch getrieben und so viele Erklärungen abgegeben, daß Johannsen sich vollkommen er- »

schöpft fühlte. Gern sprach er dem Schnaps zu, den Eckermann hatte auftragen lassen.

Der Deichgraf musterte mit verkniffenem Mund den fliesenbelegten Fußboden der Stube. Er war glatt und unbeschädigt. Er hatte auch schon erlebt, daß die Fliesen von der Wucht des Wassers herausgehebelt worden waren. Nun, auch so war der Schaden groß. Schweigsam saß er in seinem prachtvoll geschnitzten Lehnstuhl. Endlich hob er seinen Blick und sah Johannsen nachdenklich an. „Wir wissen nichts, noch gar nichts."

„Gibt es denn keine Anhaltspunkte?" fragte Johannsen. Er war ein ruhiger Mann, nicht so schwammig korpulent wie Eckermann, jedoch ebenfalls von beträchtlichem Körperumfang. Er ging die Angelegenheit sachte an. Selbst betroffen war er ohnehin nicht, er stammte aus Lindholm, von der anderen Seite des Kornkoogs.

„Ich wüßte nicht", antwortete Eckermann trübe.

Johannsen schob die Unterlippe vor. „Hat Langsbüll womöglich einen Streit mit einem anderen Dorf auszufechten gehabt?"

Der Deichgraf brummte ablehnend.

Johannsen spann seine Gedanken weiter: „Denn im Grunde ist es eine Angelegenheit, die ein ganzes Dorf betrifft, ja, einen ganzen Koog, wenn es schlimm ausgeht; also kann es sich eigentlich nur um eine Rache im großen Stil handeln."

Eckermann lauschte aufmerksam und mußte ihm recht geben. Rache, das klang vernünftig. „Langsbüll liegt aber mit niemandem im Streit."

„Wer wurde denn am meisten geschädigt?" bohrte der Deichrichter.

Eckermann zog sein Messer aus dem Gürtel und wies mit der Spitze einladend auf den Speck und das Brot, die Güde Maria hastig aufgetischt hatte. „Ich glaube, die zwei Katen am Nordeingang von Langsbüll", sagte er kauend und warf einen finsteren Blick hinter seiner Frau her, die eilends verschwand. So nervös war sie gewesen, daß sie fast die kostbaren Ohrenschalen aus Makkum hatte fallen lassen. So etwas liebte er nicht. Mit einem groben Stoß in den Rücken hatte er sie aus dem Zimmer geschickt. Selbst Johannsen hatte sofort gewußt, daß hier der Haussegen schief hing. „Außer mir", fuhr Eckermann fort. „Die größten Schäden habe ich gehabt, wie Ihr selbst gesehen habt."

„Ja. Dann zu Euch. Mit wem habt Ihr Streit gehabt?" fragte der Deichrichter geradeheraus.

„Ich? Mit niemandem", antwortete Eckermann gereizt. „Soll ich etwa die Schuld tragen?"

„Davon kann selbstverständlich nicht die Rede sein", beschwichtigte ihn sein Gast und schnitt sich ein großes Stück fetten Speck ab, zart rosa geräuchert, wie er es am liebsten hatte. „Vielleicht hat sich jemand über Euch geärgert. Vielleicht habt Ihr einen Deicharbeiter zurechtgewiesen und es längst vergessen? Der Pöbel macht häufig aus einer Mücke einen Auerochsen."

Eckermann runzelte die Stirn. Jäh kam ihm die Erkenntnis, daß er in gewisser Weise einen Racheakt geradezu heraufbeschworen hatte. „Mein Gehilfe ...", sagte er langsam. Das mußte sorgfältig bedacht werden, jedoch in aller Eile. Er hielt den Atem an.

„Was ist mit dem?" drängte Johannsen. Es schien, als würde er doch noch fündig. Er schmunzelte vor heimlichem Vergnügen.

„Ich habe ihn entlassen."

„Wie?"

„Nun, einfach entlassen." Der Deichgraf schwenkte vage seine Hand, als sei Bahne irgendwo da draußen.

„Nein, nein! Ich wollte eine ausführliche Antwort", erklärte Johannsen und beugte sich vor. Die Ellenbogen plazierte er auf der Tischplatte und sah seinen Kollegen mahnend an. „War es die Absicht Eures Gehilfen zu gehen, oder wolltet Ihr Euch von ihm trennen?"

„Nein, nichts dergleichen", stritt Eckermann ab. „Ich habe ihn hinausgeworfen, weil er in meiner Abwesenheit den neuen Deich zugrunde gerichtet hat. Das von ihm gebaute Teilstück ist unbrauchbar, es ist nicht höher als der Kirchenwall von Deezbüll", übertrieb er, um das Problem deutlich zu machen.

Der Deichrichter war konsterniert. „Das kann ich kaum glauben“, sagte er zögernd.

„Doch, Johannsen“, bekräftigte der Deichgraf ernst. „In meiner Abwesenheit baute er einen Wall so breit wie eine Ack* lang ist, wobei er viel zuviel Erde verbrauchte; das Holz ließ er liegen, statt dessen warf er Steine auf den Fuß des Walls. Ich hätte es Euch gar nicht erzählt, wenn Ihr nicht Euren Verdacht ausgesprochen hättet.“ Eckermann blickte betrübt auf den Tisch und fuhr nach einer kleinen Pause fort: „Ich weiß gar nicht, was in den jungen Mann gefahren ist, er war bisher so zuverlässig und fleißig. Aber in letzter Zeit fing er an, Widerworte zu geben, hatte plötzlich Flausen im Kopf und spielte sich auf, als ob es sein Deich sei. Ich mußte ihn mehrmals daran erinnern, wer hier den Deich baut.“ Sein fleischiges Gesicht verzog sich, und als sein Gegenüber mitfühlend grunzte, warf er die Arme auseinander und schlug sie sich klatschend auf die Oberschenkel, als ob das alles in höchstem Grade bedauerlich sei. Es tat ihm gut zu wissen, daß er einen kundigen Mann auf seiner Seite hatte, der die Last ermessen konnte, die auf seinen Schultern lag und jetzt noch schwerer geworden war durch die Fehler seines jungen Gehilfen.

Johannsen hing eine Weile seinen Gedanken nach, bis ihm einfiel, daß dies ja nur ein Teil eines größeren Problems war. „Und den habt Ihr also hinausgeworfen?“

„Ja, Hals über Kopf“, bestätigte der Deichgraf, sehr zufrieden mit seiner Fähigkeit, rasche Entscheidungen zu treffen.

„Der Durchstich befindet sich sozusagen vor Eurer Haustür“, überlegte Johannsen laut. „Das spricht durchaus dafür, daß der Racheakt Euch persönlich galt, vor allem, wenn der Mann einkalkulierte, daß der Sturm nicht stark und die Überschwemmung kaum das Dorf, wohl aber Euren Hof treffen würde.“

„Das hätte ich nie von Bahne Andresen gedacht.“ Eckermann gab sich ungläubig und versuchte mit einem vorsichtigen Seitenblick herauszufinden, ob seine Taktik Erfolg hatte.

* Ack: langsam ansteigende Auffahrt auf einen Deich

„Doch!" rief der Deichrichter überzeugt. „Er muß der Täter sein! Es gibt ja auch keinen anderen, der einen Grund gehabt haben könnte, sich an Euch zu rächen, wie Ihr selbst sagtet."

Eckermann gab es widerwillig zu und sah den Zeitpunkt gekommen, einen anderen Aspekt zu beleuchten. „Ich hoffe nur, daß dies der einzige Schaden war, den Andresen verursacht hat."

Der Deichrichter wurde hellhörig. „Wie meint Ihr das?"

„Nun, stellt Euch vor, daß womöglich der neue Deich dort aufreißt, wo Bahne gebaut hat, dem ich doch mein volles Vertrauen ..." Verzweifelt brach Eckermann ab und ließ den Kopf in die Hände sinken.

„Oh Gott!" rief der Deichrichter alarmiert.

„Wir werden es abwarten müssen. Ich kann den Deich ja nicht aufreißen, um nachzusehen, wie das Fundament beschaffen ist", stellte der Deichgraf nüchtern fest, nachdem nun gesichert war, daß auch dieser Gedanke sich fest in das Gedächtnis von Johannsen eingegraben hatte.

Der Deichrichter nickte, noch sprachlos. Erst als er sich allmählich wieder gefaßt hatte, kam er zum Nächstliegenden zurück und sagte salbungsvoll: „Wir werden dieses Bahne Andresens habhaft werden. Die gerechte Strafe ist ihm sicher." Und als ob er sich sofort an die Ausführung machen wolle, stand er auf und verabschiedete sich.

Eckermann lächelte zufrieden hinter seinem Rücken her.

8. Die Warnung

GOTJE SASS in ihrer kleinen Kammer und wußte nicht, was sie tun sollte. Hinter der leichten Bohlenwand, die das große Zimmer von den Kammern trennte, hatte sie ohne Mühe hören können, was die beiden Herren beschlossen hatten. Sie konnte nicht glauben, daß ausgerechnet Bahne der Täter sein sollte!

Warum überhaupt hatte ihr Vater ihn eigentlich hinausgeworfen? Ihr fiel der Blick ein, den ihr Vater seinem Gehilfen auf dem Kirchhof zugeworfen hatte. Würde er so weit gehen, den jungen Mann aus Wut dieses Verbrechens zu beschuldigen? Nein, eigentlich traute sie es ihm nicht zu. Oder doch? Gotje war ganz ratlos.

Wenn aber ihr Vater recht hatte, mußte Bahne Andresen schuldig sein. Es sei denn – ein Dritter? Natürlich, ein Dritter. Noch bevor Gotje den Gedanken ganz zu Ende gedacht hatte, war sie bereits aufgesprungen, schwenkte die Zöpfe über die Schultern und band den Umhang um. Sie mußte Bahne warnen. Und außerdem konnte sie von ihm erfahren, ob er es gewesen war. Sie wußte, sie würde es ihm ansehen können. Das schlechte Gewissen müßte ihm aus den Augen leuchten, anders konnte es gar nicht sein.

Gotje schlich aus dem Haus. Draußen auf der Dorfstraße, außer Sicht des Vaters, bestand keine Gefahr mehr. Sie konnte gehen, wohin sie wollte. Vorsichtig versuchte sie, dem Matsch, der noch auf der Dorfstraße lag, auszuweichen, aber es war unmöglich; manchmal sanken ihre Füße tief ein, und die weißen Socken waren bald grau, sogar die Knöchelbinden bekamen etwas ab.

Überall im Dorf wurde gearbeitet. Die beiden Katen am Nordende von Langsbüll waren böse zugerichtet. Das Stallende der einen war in sich zusammengesunken; die Wände aus Grassoden waren vom Wasser aufgeweicht und aufgelöst. Gotje grüßte freundlich den bedauernswerten Kicke Orr, der dabei war, einen ersten Schutz aus Reisig für seine Kuh zu flechten. Er sah sie verzweifelt an und wandte sich dann wieder seiner Arbeit zu.

Die kleinen Kinder aber, die noch zu klein waren, um Hand anzulegen, liefen schon wieder johlend auf der Straße herum und bewarfen sich mit Matsch. Auch Gotje mußte den Dreckklumpen ausweichen, aber sie war den Kindern nicht böse, wußte sie doch, was für ein herrlicher Spaß es war. Die Kinder der Ärmsten durften ohnehin nicht lange frei umhertoben. Schon früh mußten sie eigene Pflichten übernehmen und das Schaf beim Gräsen am Wegesrand beaufsichtigen.

Sie eilte weiter, an den etwas größeren und besseren Häusern entlang. Ihre breiten Giebel wandten sie der Straße zu, und die reetgedeckten Dächer waren weit heruntergezogen, um den Wind abzuwehren. Doch mit ihrem Haubarg war auch der stattlichste der Höfe nicht zu vergleichen. Gotje betrachtete sich dies alles ohne Stolz auf das eigene Haus. Ihr wurde klarer denn je, daß das Dorf arm war und seit gestern noch etwas ärmer.

Wenigstens war nirgendwo das Herdfeuer während der Flut erloschen, denn überall quoll der Rauch aus den Ritzen. Herdfeuer bedeutete Wärme und Essen; erst wenn das Feuer ausging, war das Unglück zur Katastrophe geworden. Gotjes Ziel war die Kate von Fiecken Plausch, denn dort bewohnte Bahne eine kleine Kammer, die ihm vermietet worden war. Siedendheiß fiel ihr ein, daß er natürlich auch in sein Heimatdorf geritten sein konnte, und sie beeilte sich noch mehr, bis sie aufatmend mit gebeugtem Nacken durch die niedrige Tür in Fieckens Haus trat.

Fiecken war beleidigt, daß Gotje ein Schälchen Bier ablehnte und auch nicht mit ihr plaudern wollte. „Bist dir wohl zu vornehm“, sagte sie gehässig und respektlos. „Du bist auch nicht anders als unsereins, das weißt du nur noch nicht. Wirst du schon merken!“

Gotje achtete nicht auf sie. Unbedingt müsse sie Deichbauer Bahne sprechen, erklärte sie und schloß und öffnete vor Nervosität die Hände. „Eine Botschaft von meinem Vater ... “

Frau Fiecken runzelte mißtrauisch die Stirn und verkniff sich die Bemerkung, daß es sich für ein junges Mädchen nicht schicke, einen Mann in seiner Kammer aufzusuchen. „Aber bitte!“ sagte sie schnippisch und hängte den Topf am Kesselhaken eine Stufe höher, ohne Gotje aus den Augen zu lassen.

Gotje durchquerte erleichtert die Küche. Sie stieg, plötzlich etwas beklommen, die Stufe zu Bahnes Kammer hoch. Und die Kälte, die ihr in der Kammer entgegenschlug, konnte ihre leichte Furcht nur bestärken. Die beste Stube hatte Fiecken Plausch selbstverständlich ihrem Logiergast nicht eingeräumt, und sie war natürlich unbeheizt.

Umso wärmer war der Empfang durch Bahne. Gotje konnte ihm leicht die Freude anmerken, die er empfand, als sie durch die Tür trat. Er wischte eilig einige Kleidungsstücke von einem Stuhl, legte sorgfältig ein Buch beiseite und bat sie, Platz zu nehmen. Dann sah er sie an, ungläubig fast, ob sie es wirklich war oder ob seine Phantasie ihm ein Truggebilde vorgaukelte, so wie man nachts am Deich leicht Schemen tanzen sehen konnte.

Gotje wußte nicht, wie sie anfangen sollte. „Wir müssen leise sprechen", warnte sie den jungen Mann mit einer Plötzlichkeit, die ihn aus seinen versponnenen Gedanken und seiner offenen Bewunderung für Gotje herausriß. Erschrocken blickte er sie an.

„Ja?" Dann nickte er. „Gut."

„Ihr seid in Gefahr, auf den Scheiterhaufen zu kommen", erklärte Gotje, und ihre Stimme schwankte.

„Übertreibt Ihr nicht ein wenig?" fragte Bahne mit gerunzelter Stirn und wunderte sich über das Mädchen. „Der Deich ist kaum niedriger als der vom Deichgrafen ..., dafür kommt man nicht auf den Scheiterhaufen."

Nun war es an Gotje, erstaunt zu sein. „Wovon sprecht Ihr denn? Doch wohl nicht vom Deichbruch?" fragte sie unsicher.

„Nein, gewiß nicht", antwortete Bahne, „ich meine den neuen Deich ..."

„Dafür ist jetzt keine Zeit", unterbrach Gotje hastig. „Ihr sollt den Deichbruch verursacht haben."

„Was?" schrie Bahne erschrocken und zugleich empört. Gotje legte einen Finger an den Mund und deutete auf die Tür.

„Laßt sie tratschen", sagte Bahne böse und kaum weniger laut.

„Bahne, so hört doch", flehte Gotje. Wollte es ihr denn nicht gelingen, den jungen Mann zu überzeugen, daß es ihr ernst war? „Man glaubt, daß Ihr den Deich durchstochen habt, und wird Euch verhaften!“

Bahnes freundliches Gesicht erstarrte. Er hatte die Ungeheuerlichkeit der Anschuldigung sofort begriffen und auch die Konsequenzen, die drohten.

„Wer sagt das?“

„Der Deichrichter und mein Vater.“

„Dann müßt Ihr sofort weg von hier“, befahl Bahne und stand auf. „Ihr dürft hier nicht gesehen werden.“

„Warum?“ fragte Gotje verblüfft. Bahne hatte Sorgen! Sie war doch jetzt völlig unwichtig.

„Man glaubt dann sofort, daß Ihr mich gewarnt habt.“

„Das weiß man sowieso“, entgegnete Gotje mit einem schwachen Lächeln. „Laßt Fiecken nur einen Zipfel einer Geschichte erfahren, und sie denkt sich den ganzen großen Rest dazu, notfalls erfindet sie ihn.“

„Ja, das stimmt auch.“ Bahne setzte sich wieder. „Jetzt erzählt alles von Anfang an“, befahl er, und Gotje widersprach ihm nicht. Er mußte selbst wissen, ob es eilte.

„Ja, die beiden Männer meinten, daß nur Ihr Rachegedanken hegen könntet gegenüber meinem Vater, und deshalb hättet Ihr den Deich durchstochen.“

„Ich? Etwa weil er mich hinausgeworfen hat?“ fragte der junge Mann ungläubig.

Gotje nickte.

Bahne konnte es immer noch nicht fassen. Er lachte sogar etwas. „Seht mal, Jungfer Gotje“, erklärte er, „wer wüßte wohl besser als ich – Euren Vater natürlich ausgenommen -, wie unmöglich es ist, das Wasser so zu lenken, daß ein einzelner von der Flut erfaßt wird, alle anderen aber nicht. Ich wäre mir doch im klaren gewesen, daß die Wahrscheinlichkeit, alle Leute in Langsbüll zu ertränken, größer ist als die, nur Euren Vater zu treffen. Außerdem kann man sich doch in einem Haubarg viel sicherer fühlen als in sämtlichen anderen Häusern des Dorfes. Und ich wohne doch selbst hier im Dorf.“

„Ja, das ist wahr.“ Gotje glaubte ihm, hatte dann aber doch einen Einwand. „Ihr hättet aber wegreiten können, um Euch nicht selbst zu gefährden.“

„Bin ich denn weggeritten?"

„Nein", gab Gotje zu. „Dann muß es jemand anders gewesen sein."

„Ja, und in etwa kann ich ihn auch beschreiben", sagte Bahne.

„Kennt Ihr ihn denn?" Gotje sprang aufgeregt vom Stuhl auf. „Warum sagt Ihr denn nichts davon!"

„Nein, nein", beeilte der Deichbauer sich, sie zu beschwichtigen. „Ich meine, ich könnte einige Eigenschaften des Täters aufzählen; was er ist, und vor allem, was er nicht ist."

Das war rätselhaft genug, und das Mädchen schüttelte verständnislos den Kopf.

Bahne lächelte schwach und erklärte es ihr. „Er versteht nichts vom Deichbau, also ist er weder Deichgraf noch Deichrichter noch Deichgehilfe noch Deicharbeiter", begann er. „Die Wahrscheinlichkeit ist also groß, daß er ein Bauer ist, der mit dem Deich nichts zu tun und sich dort auch nicht verdungen hat. Infolgedessen kann er auch kein Kätner sein, die sind alle am Deich. Er muß ein Mann sein, das versteht sich von selbst, denn das Abbeilen der Stämme war schwere Arbeit. Also muß er noch jung und kräftig sein." Bahne sprach langsam und bedächtig, und Gotje lauschte hingerissen.

Bahne machte eine kleine Pause und konzentrierte sich mit gefurchter Stirn. „Was wissen wir noch?" fragte er sich selbst. „Was wir nicht entscheiden können, ist, ob der Mann aus Langsbüll stammt oder nicht, denn es kann genauso gut sein, daß er nicht wußte, daß er sich mit dem Deichdurchstich selbst ertränken konnte. Andererseits könnte es ihm auch gleichgültig gewesen sein. Daraus folgt: Entweder wußte er, was er tat, und dann war er von auswärts, oder es war ihm gleichgültig, und er war von hier.

Bahne machte eine Pause und blickte Gotje an. „Versteht Ihr, was ich meine?"

„Ja, ungefähr."

Bahne nahm jetzt sogar die Finger zu Hilfe. „Es gibt eigentlich nur zwei Möglichkeiten: Rache eines Deichbaukundigen von auswärts oder Rache eines Bauern aus Langsbüll."

Er blickte Gotje triumphierend an.

Sie aber war verblüfft und starrte Bahne mit offenem Mund an. „Ja, und diese Rechnung führt genau zu Euch, wie Detlef Johannsen und mein Vater gesagt haben", stellte sie ganz richtig fest.

Bahne kratzte sich am Kopf. „Ja, das stimmt", gab er mit einem beschämten Lächeln zu. Dann lachte er laut auf, als ihm das Komische an der Situation klar wurde.

Gotje schüttelte entrüstet den Kopf. „Wie könnt Ihr das so auf die leichte Schulter nehmen? Ihr seid in Gefahr!"

Bahne nahm von ihrer Warnung keine Notiz. „Ich weiß ja, daß ich es nicht war, also bleibt nur ein Bauer übrig, dem alles gleichgültig ist und der aus Langsbüll stammt. Gibt es jemanden, auf den das paßt?"

Das Mädchen legte sich entsetzt die Hand auf den Mund. „Claus Clausen, der enteignet wurde", sagte sie undeutlich und mit einer Trauer, die unübersehbar war, ohne daß Bahne sie sich erklären konnte.

Mitleidig sagte er: „Ich bin vielleicht voreilig gewesen. Das beste wird sein, ich erzähle Eurem Vater, warum ich es nicht gewesen sein kann."

Gotje war erleichtert. Sie wußte nun mit Bestimmtheit, daß Bahne nicht der Täter war. Abrupt erhob sie sich und verabschiedete sich verlegen. Bahne öffnete ihr höflich die Tür und stieß dabei Frau Fiecken von der Treppenstufe, auf der sie sich zum Lauschen postiert hatte. Ohne Mitleid sah er zu, wie ihr Rock sich einen Moment wie im Sturm auf der Deichkrone bauschte, bevor sie auf ihrem Hinterteil in der Küche landete.

Fiecken warf ihrem Untermieter einen indignierten Blick zu, raffte Kortel und Smok zusammen und verschwand in der Dörns, deren Tür sie hinter sich zuschmetterte.

„Lüge, Unzucht", murmelte sie bitterböse.

Bahne und Gotje aber mußten sich das Lachen verkneifen, und Bahne dachte beglückt, daß dieses Mädchen Fröhlichkeit verbreitete, wo auch immer sie war, selbst wenn vorübergehende Sorgen sie drückten.

9. Der Schuldspruch

Kaum war Gotje weg, kam Bahne zu der Überzeugung, daß er die schreckliche Anschuldigung sofort aufklären mußte. Er rannte die Dorfstraße entlang, ohne nach rechts oder links zu sehen, und die Bauern, die ihm begegneten, grüßten ihn wie gewöhnlich und starrten ihm dann verdutzt nach, als er nicht antwortete. Die Unhöflichkeit, die er an den Tag legte, mußte etwas mit der Entlassung zu tun haben, aber niemand wäre auf die Idee gekommen, ihn mit dem Deichdurchstich in Verbindung zu bringen.

Seit seiner willkürlichen Änderung der Baupläne für den Deich galt er als etwas verschroben, und man lachte gutmütig über die Flausen in seinem Kopf. Er würde schon noch lernen, wie man Deiche baute. Noch wohnte ja niemand im künftigen Koog, und so war durch den flachen Deichabhang niemand in Gefahr geraten: Bis das neue Land zur Nutzung reif wäre, würden noch viele Sturmfluten kommen und gehen, und bis dahin würde sich herausgestellt haben, ob der Bahnedeich gut war oder nicht. Nein, dem Bahne Andresen war niemand böse. Eher fand man es ärgerlich, daß der Deichgraf im Recht war. Lieber hätte man es umgekehrt gesehen.

Bahne legte die wenigen hundert Meter zum Haubarg schnell zurück. Der Sand knirschte unter seinen Füßen, und je näher er der Deichbruchstelle kam, desto matschiger wurde es, aber er achtete nicht darauf. Seiner Meinung nach war den beiden Herren ein einfacher Denkfehler unterlaufen, und er konnte ihn berichtigen.

Als er in die große Diele des Haubargs trat, stieß die Frau Deichgräfin einen erschrockenen Schrei aus. „Bahne, was macht Ihr denn hier?“ fragte sie ängstlich.

Bahne Andresen wunderte sich über ihre Frage und runzelte die Stirn. Wußte sie etwa auch schon Bescheid? Aber bevor er sich erkundigen konnte, trat der Deichgraf selbst in die Diele. „Habt Ihr es also schon gehört, daß wir Euch suchen“, knurrte er bösartig. „Umso besser, da kann Euch Herr Johannsen gleich mitnehmen.“

Bahne trat einen Schritt vor. „Es handelt sich um einen Irrtum, Herr Deichgraf“, erklärte er.

„Ja, das glaube ich, jetzt, wo es nicht geklappt hat, war alles nur ein Irrtum“, stimmte der Deichgraf höhnisch zu.

„Was hat nicht geklappt?“ Der junge Mann war einen Moment aus dem Konzept gebracht.

„Ihr habt mich nicht ertränken können, wie Ihr vorhattet. Und jetzt wird es Euch auch nicht mehr gelingen.“ Der Deichgraf musterte Bahne mit falscher Freundlichkeit. „Ihr wißt sicher, welche Strafe auf Durchstechen eines Deiches steht?“ fragte er.

Bahne erbleichte. Natürlich wußte er das, jeder wußte es. „Der Scheiterhaufen“, antwortete er heiser.

„Hm“, stimmte der Deichgraf zu, „und zwar sofort, ohne Federlesens. Ohne Niedergericht, ohne Amtmann, ohne Juristen“, höhnte er. „Was wir brauchen, ist einen durchstochenen Deich, einen Täter und einen Deichrichter.“ Er zupfte einen imaginären Fussel vom Wams, und Bahne lauschte betroffen, während Eckermann genüßlich weitersprach. „Und wer wollte wohl bestreiten, daß wir alles beisammenhaben? So etwas erledigen wir Friesen ganz unter uns.“

Noch nie hatte jemand davon gehört, daß er sich als Friesen rühmte. Meistens bestand er darauf, dänisch-deutscher Abstammung zu sein. Viel fehlte nicht, und er hätte sich die Hände gerieben. Es war auch nicht seine empört blickende Frau, die ihn davon abhielt, sondern der Deichrichter, der in diesem Moment in die Diele trat.

Bahne blickte den Deichgrafen sprachlos an, und ihm ging endlich auf, daß der Mann ihn haßte. Die Anschuldigung war kein Versehen, sie war Absicht und möglicherweise sogar geplant. Er trat vor, um den Deichrichter aufzuklären. Wieder kam Eckermann ihm zuvor.

„Bitte“, rief der Deichgraf triumphierend dem Deichrichter zu und machte eine elegante Handbewegung in Richtung auf seinen ehemaligen Gehilfen, „da haben wir ihn schon." Zufrieden faltete er seine Hände über dem Bauch. „Tüchtig, tüchtig", nickte der Deichrichter anerkennend zum Deichgrafen hinüber, „ich bin sicher, der Koogsverband wird es Euch honorieren."

Bahnes Blick ging zwischen beiden Männern hin und her. Er kam sich vor wie ein Stück Vieh, das verhandelt werden soll, und den Kaufpreis sollte der Deichgraf erhalten. Aber seine Empörung wich rasch der Erkenntnis, daß er sich mit Zähnen und Klauen verteidigen mußte, bevor es womöglich zu spät war.

„Jetzt reicht es mir", fauchte er. „Was erlaubt Ihr Euch eigentlich?" Ihr beschuldigt mich eines gemeinen Verbrechens und bestimmt mich für den Feuertod, bevor ich noch ein Wort dazu geäußert habe. Ich war es nicht, das habe ich bereits gesagt."

Zu Bahnes Überraschung lachte der Deichgraf fast herzlich und wandte sich über seinen Kopf hinweg an Johannsen. „Ach, der junge Bahne", sagte er überlegen lächelnd, „ist immer etwas naiv. Zuerst begeht er ein Verbrechen und glaubt, man wäre zu dumm, um ihm auf die Schliche zu kommen – jeden seiner Schritte können wir zurückverfolgen; und dann leugnet er glatt und erwartet damit durchzukommen. Aber Ihr mit Eurem Scharfsinn", schmeichelte er plump, „durchschaut es natürlich sofort, ja sofort."

Der Deichrichter war nicht gerade ein Mann der schnellen Entscheidungen, aber es ehrte ihn, daß Eckermann ihn für klug genug hielt, die Spreu vom Weizen zu trennen und Lügengeschichten von begründeter Verteidigung. Und wer weiß, vielleicht konnte er mit Fürsprechern wie einem Herrn Eckermann auch in absehbarer Zeit einmal Sprecher der sechzehn Deichrichter werden.

So nickte er bedächtig und hielt es für notwendig, seinerseits dem Delinquenten auch ein Wort zukommen zu lassen. „Alles Leugnen nützt Euch nichts, wir wissen Bescheid", mahnte er väterlich, aber seinem Tonfall war zu entnehmen, wie unumstößlich seine Meinung war. „Aber wie ich hörte, wart Ihr in Eurem Fach ja nicht sonderlich tüchtig; für den Deichgrafen seid Ihr also kein großer Verlust."

Während die Herren sich verständnisinnig zunickten, flogen dem jungen Deichbauer eine Reihe von Möglichkeiten durch den Kopf, aber was sich festsetzte, war, daß er sein Heil in der Flucht suchen mußte. Die beiden Männer waren so borniert und dabei entschlossen, ihn zu opfern ... Für ihn selbst war die Situation lebensgefährlich.

Bahne schoß wie eine Kanonenkugel auf den dicken Deichgrafen zu, boxte seine Faust in dessen Magen, und noch während er auf den Deichrichter losging, hörte er, wie die Luft aus dem aufgeblähten Intriganten entwich und er zu Boden ging. Den anderen Dummkopf warf er auf den Rücken, riß danach die geschnitzte Außentür auf, zertrümmerte dabei das Prachtexemplar fast und stürmte nach draußen. Gotje, die gerade um die Ecke des Hauses bog, sah ihm fassungslos nach.

Bahne jagte noch schneller als auf dem Hinweg zum Stall der Witwe Fiecken Plausch, sattelte in aller Eile sein Pferd und galoppierte davon. Im Reiten überdachte er die Möglichkeiten, die ihm jetzt noch blieben: Flucht in ein anderes Land traute er sich zu; er würde ohne große Schwierigkeiten aus dem Herzogtum herauskommen – Holstein oder Dänemark, das war die Frage. Der nächstliegende königsdänische Ort war Mögeltondern, nicht weit, höchstens zwei Meilen. Dann aber würde er seine Unschuld niemals beweisen können. Ewig ein Deichbauer auf der Flucht sein? Und Gotje? Nein, diese Möglichkeit verwarf er sofort.

Wenn er das aber nicht wollte, dann mußte er bleiben und kämpfen. Gegen den Deichgrafen, gegen den Deichrichter und gegen den Augenschein, der ihn zum Täter stempelte. Ja, etwas anderes blieb ihm nicht. Er mußte auf dem Deich Asyl suchen. Seufzend machte er sich klar, was das bedeutete: Deicharbeiter unter Deicharbeitern zu sein, Befehle entgegenzunehmen, statt sie zu geben, unter Zwang falsch zu bauen, statt nach neuen Erkenntnissen vorzugehen, des Deichgrafen hämisches Gesicht immer vor sich zu haben, statt weit weg zu wissen ... und dann noch der Zwang, vom Deich aus heimlich nach dem wahren Täter zu forschen. Aber es war die einzige Möglichkeit, in der Nähe zu bleiben und zu versuchen, seinen Ruf zu retten, als Deichbauer wie als Mann. Eine bittere Erkenntnis.

Bei beginnender Dunkelheit ritt er am inneren Deichfuß entlang, bis er an die Ack kam, die auf die Deichkrone in der Nähe des letzten Teilstückes führte. Er stieg ab und sattelte sein Pferd ab. Auf den Deich mitnehmen konnte er es nicht, da wuchs noch nicht genug Gras für ein ausgewachsenes Pferd, ganz abgesehen davon, daß da oben nur Schafklauen erwünscht waren, kleine, leichte Füße, die unablässig die Erde verdichteten, bis sie fest genug für eine dichte Grasnarbe war, die den Wellen jeder gewöhnlichen Flut standhielt. Pferde und Ochsen dagegen rissen nur auf, was schon gewachsen war.

Er gab dem Braunen einen zärtlichen Klaps auf die Kruppe und erklärte ihm seine Zwangslage. Die Ohren seines Pferdes spielten und richteten sich aufmerksam nach vorne; als Bahne am Ende seiner Rede war, schnaubte es und fing an zu gräsen. Bahne sah ihm nach, seufzte tief auf und stieg zur Deichkrone hoch.

Das Meer spiegelte sich in der untergehenden Sonne. Der Wind umfächelte ihn leicht, der Sturm, der sein Unglück verursacht hatte, war vorüber. Die vielen kleinen Halligen hoben sich schwarz vom Wasser ab. Er wünschte, er wäre da draußen, und schloß die Augen. Warum? Warum war das alles passiert? Lange Zeit saß er da.

Es briste auf, Bahne fühlte es auf seinen Wangen, ohne die Augen zu öffnen. Die Sonne ging hinter schwarzen Wolkentürmen unter, und es wurde kalt. Es war Zeit, sich einen Unterschlupf zu suchen.

Aus Buschwerk, Reisig und Stroh baute Bahne sich in der nächsten Stunde eine kleine Hütte in Lee des Deiches. Sicher würde er hier sein: Niemand hatte das Recht, ihn zu vertreiben, denn dem Friesen, der sich auf einen Deich im Bau retten konnte, stand Asylrecht zu, sofern er bereit war, mitzuarbeiten. War der Deich allerdings fertig, konnte ihn der Deichrichter jederzeit abholen. Bis dahin mußte er beweisen können, daß er das Attentat auf den Langsbüller Deich nicht begangen hatte.

10.
Asyl auf dem Deich

Am nächsten Morgen stellten die Deicharbeiter erstaunt fest, daß Bahne wieder in ihrer Mitte war, und sie warteten auf seine Befehle. Verlegen und ein bißchen verärgert erklärte er, daß er jetzt Arbeiter sei wie sie alle und ihm auf dem Deich das Asylrecht zustehe.

Die Meinung bei den Arbeitern war geteilt. Manche glaubten, daß er unschuldig sei, andere nicht. Einig waren sie sich nur darin, daß der Durchstich ein Racheakt gegen den Deichgrafen gewesen war. Auch Claus Sturm befand sich erstmals bei den Arbeitern.

Der Deichgraf kam an diesem Morgen spät. Dunkle Ränder unter seinen Augen wiesen darauf hin, daß er sich mit schweren Problemen herumgeschlagen hatte – oder dem Branntwein. Als Eckermann Bahne Andresen erblickte, blieb er stehen.

„Diese Unverschämtheit", keuchte er. „Da seid Ihr also geblieben! Wir dachten, Ihr hättet Euch ins Ausland abgesetzt."

„Das wäre Euch wohl am liebsten gewesen", sagte Bahne leise. Mit zornig zusammengezogenen Augenbrauen sah er auf den Deichgrafen hinunter. „Aber das lasse ich mir nicht gefallen", rief er plötzlich laut. „Ich werde nachweisen, daß es jemand anders war, und Ihr werdet büßen müssen, daß Ihr den wahren Täter nicht gesucht habt."

„Wir haben ihn gesucht und gefunden", entgegnete der Deichgraf unbeirrbar und wandte sich ab.

Die Deicharbeiter blieben stumm, aber ihre Blicke wanderten zwischen dem Deichgrafen und seinem ehemaligen

Gehilfen hin und her, und es war nicht schwer zu erraten, wem ihre Sympathien galten. „Komm“, sagte einer von ihnen zu Bahne: „Es ist sinnlos.“

Zur Mittagszeit wollten mehr Männer mit Bahne ihren Brei und ihr Bier teilen, als er essen konnte. Nur Claus Clausen hielt sich allein, warum, wußte man nicht, er war doch sonst ein lustiger, sogar wilder Mann. Aber seine selbstgewählte Isolation wurde respektiert.

Am nächsten Tag kam auch der Deichrichter den jungen Bahne besichtigen, und er staunte ihn an wie ein wildes Tier. Der vierschrötige Mann eilte erstaunlich behende die Ack hoch und pflanzte sich vor Bahne auf. Aber noch bevor er etwas sagen konnte, wurde er von den widerspenstigen Deicharbeitern gestört. „Aus dem Weg“, riefen sie respektlos, lenkten die Rollwagen auf Herrn Johannsens Füße zu und zwangen ihn, auszuweichen. Dieser betrachtete angeekelt seine schlammbespritzten Beine und dachte über die Situation nach. Es wäre unvernünftig gewesen, die Deicharbeiter zu verärgern. So merkwürdig es auch war, manche Männer des Deiches fühlten sich schnell provoziert, das kannte man von anderen Orten. Diese hier waren dem Vernehmen nach zwar überwiegend gutwillig, aber wie leicht konnte doch die Stimmung aufgrund eines Vorfalls wie dem von Bahne umschlagen. Mehrmals war es schon vorgekommen, daß die Arbeiter nur einen winzigen Funken brauchten, um daraus ein ungeheures Feuer zu entfachen. Aufstände waren entstanden, Soldaten hatten die Arbeiter bewachen müssen, und das mindeste, was sie als Entschädigung verlangten und was man ihnen vorzuenthalten nicht gewagt hatte, waren kräftige Lohnerhöhungen gewesen. Ja, Deicharbeiter waren nicht ungefährlich. Johannsen brach der Angstschweiß aus. Er wollte sich nicht nachsagen lassen, an einem Aufstand schuld zu sein. Vorsichtig zog sich der Deichrichter wieder zurück, bereuend, daß seine Neugier ihn überhaupt hierher geführt hatte. Er warf nochmals einen Blick auf Bahne. Der arbeitete, als hätte er noch nie etwas anderes getan, als schwere Wagen zu schieben und Klei zu werfen. Der junge Mann war genauso dreckig und beschmiert wie die übrige Sippschaft. Schmutzige Kerle, alle miteinander. Der Deichrichter fand sie widerwärtig. Aber das Recht war unzweifelhaft auf Bahnes Seite, sie konnten ihn nicht vom Deich herunterholen, da stimmte Johannsen dem Deichgrafen widerwillig zu.

Es spielte sich ein, daß Bahne mittags und nachmittags ständig bei einem anderen Arbeiter mitessen durfte. Er merkte wohl, daß sie hin und wieder über den Deichdurchstich diskutierten, aber nie mehr, wenn er zugegen war, und dennoch hatte er nicht das Gefühl, daß ihn einer noch für schuldig hielt.

Eines Mittags stand plötzlich Gotje auf der Deichkrone. Ihr Vater war an einem anderen Deichabschnitt tätig, was sie wohl gewußt haben mußte, denn sie trug einen Korb in der Hand. Als sie Bahne herangewinkt und dieser zögernd ihrer Einladung Folge geleistet hatte, stellte sich heraus, daß sie ein vollständiges Mittagessen mitgebracht hatte.

„Gotje, wenn Euer Vater das merkt?“ fragte Bahne erschrocken.

„Wie sollte er das wohl merken?“ wollte Gotje heiter wissen. „Er kümmert sich nicht um den Haushalt. Den Speck und den Schinken teile ich dem Gesinde zu.“

„Ihr? Nicht Eure Mutter?“

„Nein“, sagte Gotje zurückhaltend, „sie ist etwas absonderlich und befaßt sich nur mit ihrer Stickerei.“

„Oh.“ Bahne merkte Gotjes Trauer bei der Erwähnung ihrer Mutter und wechselte einfühlsam das Thema. Auch Gotje sprach nicht mehr über die Familienverhältnisse, sondern teilte Bahne verschwenderische Portionen zu, der sie sich fröhlich schmecken ließ.

Von nun an kam Gotje jeden Mittag. Offenbar konnte sie es auch unbesorgt tun, denn der Deichgraf hielt sich fern. Er arbeitete hauptsächlich am anderen Ende des restlichen Deichabschnitts und überließ es ganz offenbar seinem ehemaligen Gehilfen, dafür zu sorgen, daß ordnungsgemäß gebaut wurde. Bahne nahm es wütend zur Kenntnis, aber andererseits hinderte er die Arbeiter nicht, nach seinen leise vorgebrachten Vorschlägen zu bauen. Aber selbstverständlich hielten sich nun seine Anordnungen an die Wünsche von Eckermann. Die Zeit der Experimente war vorbei.

Gotje und Bahne wurden immer vertrauter miteinander, und auch Claus Clausen Sturm gab seine Zurückhaltung allmählich auf. Zuweilen setzte er sich zu den beiden. Von den Langsbüllern hielt Clausen sich fern; wenn Bahne aber nach dem Grund fragte, bekam er keine Antwort.

Die Sonne schien mit jedem Tag etwas schräger auf den Deich hinunter. Sie genossen die unweigerlich letzten schönen Tage des Jahres und schwatzten miteinander. Der junge Mann hielt seine flache Hand vor sich und beschrieb eine sanft ansteigende Kurve. „So“, sagte er, „steigt der ideale Deich an. Ganz lang muß der Deichabhang werden. Je länger, desto besser.“

„Und warum baut mein Vater solch steile Rampen, auf denen man kaum hochklettern kann?“ wollte Gotje wissen.

„Oh, so hat man früher gebaut“, antwortete Bahne eifrig und erklärte ihr glücklich, wie die ersten Friesen das feuchte Land in Besitz genommen hatten. „Aber jetzt gilt es als altmodisch.“

„Habt Ihr ihm das so unverblümt gesagt? Dann ist es kein Wunder, daß er böse auf Euch ist. Das kann er nicht vertragen.“ Gotje lachte hell auf. „Ich selbst lege ihm in solchen Fällen immer ganz vorsichtig in den Mund, was er später für seine eigene Idee halten soll. Das hättet Ihr auch tun sollen!“

„Fällt mir nicht ein“, erklärte Bahne verschnupft.

„Selbst, wenn er Euch aus Verärgerung auf den Scheiterhaufen bringt?“

Bahne sah sie verblüfft an. „Meint Ihr etwa, daß er gar nicht an meine Schuld glaubt?“

„Doch, doch“, entgegnete Gotje hastig, „aber es könnte doch sein, daß er sein Urteil schneller fällte, weil er sich geärgert hat.“ Sie wurde rot. Eigentlich hätte das nicht über ihre Lippen kommen dürfen. Aber sie kannte die kleinliche Rachsucht ihres Vaters.

Claus Clausen sprang plötzlich auf und ging. Sie sahen

ihm erstaunt nach. Er wurde immer eigenbrötlerischer. Wie schon mehrmals, fragte sich Bahne, was ihm an diesem Mann so bekannt vorkam.

„Der Ärmste“, sagte Gotje mitleidig.

Das fand Bahne nicht. „Jeder weiß, was er mit einem Deichlos auf sich nimmt“, sagte er, „und auch, was passiert, wenn er den Deich verfallen läßt. Euer Vater war im Recht.“

„Ja“, gab das Mädchen leise zu, „aber wie sollte er die Reparaturen bezahlen, nachdem die Ochsen tot waren? Gerecht ist es nicht.“

„Aber Gotje“, sagte Bahne mit überlegener Miene, „ihr Langsbüller konntet doch nicht mit einem schadhaften Deich in den Winter gehen! Vielleicht wäre nichts passiert, gewiß. Wahrscheinlicher aber ist doch, daß der Deich gebrochen wäre. Wer hätte das verantworten sollen? Euer Vater? Weil er Mitleid mit einem einzigen Mann hatte?“

Wütend fiel Gotje dem Deichbauer ins Wort. „Seid doch nicht so unerträglich rechthaberisch!“

Bahne aber ließ sich nicht beirren. „Recht ist Recht, und gerade am Deich darf es um der anderen willen nicht gebeugt werden.“

„Ja“, antwortete Gotje heftig, „und der zweite, der es zu spüren bekommt, werdet Ihr sein. Seid Ihr dann immer noch dafür?“

„Ja, bin ich. Einer, der den Deich durchsticht, verdient den Tod“, antwortete Bahne mit fester Stimme. „Nur bin ich es ja nicht gewesen, wie Ihr wißt.“

„Der Deich, immer nur der Deich!“ sagte Gotje und preßte die Hände an die Schläfen. „Kennt ihr Männer denn nichts anderes? Beherrscht er euer Leben derart, daß ihr für ihn leben und sterben müßt?“

„Ja, das ist eben so“, antwortete Bahne, selbst erstaunt.

„Claus Sturms Leben hat er auch zerstört“, stellte Gotje gequält fest. „Er tut mir leid.“

„Ich glaube gar, Ihr mögt ihn sehr?“ fragte Bahne eifersüchtig.

„Ja“, gab Gotje zu, und ihr Gesicht überzog sich mit tiefer Röte. Sie stand auf, um ihre Verlegenheit zu verbergen, und klopfte ihren Rock energisch ab. Dann räumte sie die Teller zusammen und verabschiedete sich steif.

11.
FINSTERE GEDANKEN

PETER ECKERMANN saß mißgelaunt in seinem Arbeitszimmer hinter dem großen Tisch mit der dicken grünlichen Platte aus Ölandstein und den kugeligen Balusterbeinen. Düster wie seine Gedanken schien ihm auch der Raum zu sein, deshalb brannte ein Öllämpchen, ohne das Zimmer auch nur um ein Jota heller zu machen. Dieser Deichbau machte ihm zunehmend Sorgen.

Seine Gedanken und sein Blick schweiften ab: Durch die kleinen verbleiten Fensterscheiben, die einmal sein Stolz gewesen und die ihm mittlerweile so gleichgültig geworden waren, blickte er auf die Hecken aus Hainbuche, deren Blätter schon braun waren und wie verschrumpelte Schmetterlingskokons an den dünnen Ästen hingen. Seufzend kehrte er zu Andresen zurück. Von ihm aus sollte der Bursche doch verrecken. Aber statt sich auf einem schnellen Pferd auf der Flucht zuschanden zu reiten oder auf See mit einem Schiff unterzugehen, hatte der sich ausgerechnet auf dem Deich in Sicherheit bringen müssen. Und dort befand er sich nun Tag und Nacht und verbreitete Lügen. Des Deichgrafen schlechte Laune wuchs zum Zorn an. Er stierte mit kleinen Augen Löcher in die Luft, zupfte und zog gedankenlos am Pelzbesatz des Wamses und nahm hin und wieder einen Schluck Bier, ohne zu merken, was er trank.

Das wahre Problem an der Anwesenheit Bahnes auf dem Deich war, daß er nicht nur seine Theorien verbreitete, sondern die Leute anfingen, sie ihm zu glauben. Denn er war es ja nicht allein, der so redete, es lag gewissermaßen in der Luft, und schließlich kamen die Nachrichten aus Holland ja auf vielen Wegen nach Friesland. Ja, es stimmte, man kannte heutzutage modernere Methoden beim Deichbau, als nur eine Palisadenwand zu errichten und dahinter ein paar Sandsäcke aufzuschichten.

Der Deichgraf schnaubte verächtlich. Aber – und das war der Haken an der Sache – er, der Deichgraf, hätte große finanzielle Verluste gehabt, wenn er das Holz nicht für den Deich ankaufte und dort verbaute. Schließlich stammte es aus seinen eigenen Wäldern: Eiche für die Pfähle und die Verankerungshölzer, Kiefer für die Bretter. Der Deichgraf brütete unschlüssig über dem Problem. Endlich kam er zu einem Schluß, der ihm gar nicht schmecken wollte: Die Spekulation schien schiefgegangen zu sein; allzu viele Deiche würde man nicht mehr mit hölzernen Spundwänden bauen. Holz für den Schiffbau? Nein, das lohnte nicht. Nichts war so einträglich wie Holz für den Deichbau. Es wurde Zeit, die Wälder zu verkaufen.

Aber das war noch nicht brandeilig. Was dagegen keine Zeit hatte, war die Überlegung, wie er den unbequemen, ja gefährlichen Burschen vom Deich bekam. Er mußte weg, bevor sich womöglich bei den Leuten auf dem Deich der Gedanke einnistete, er, der Deichgraf, hätte fehlerhaft gebaut. Um Bahnes Verschwinden würde sich niemand Gedanken machen, denn jeder würde glauben, er sei schließlich doch geflohen.

Eckermann brütete ungestört vor sich hin, und ein Plan bekam langsam Gestalt. Er malte sinnlose Figuren in die Luft und ließ seinen Blick nach oben schweifen. Schließlich nickte er befriedigt. Sein Entschluß stand fest, und er würde ihn sofort in die Tat umsetzen.

Eckermann ließ sich von einem Knecht sein Reitpferd bringen, mäkelte ungnädig am Zustand der Mähne des Pferdes herum, in der sich einige Grashalme befanden, dann nahm er sich die Zeit, mit einem Finger gegen den Strich durch das Fell zu bohren und stellte lauthals fest, daß das Pferd an diesem Morgen noch nicht gestriegelt worden war. Und wer weiß, wann das letztemal überhaupt? Der Knecht schwieg mürrisch zu den Vorwürfen. Der Deichgraf ließ befriedigt die Reitpeitsche schnalzen, so dicht an seinem Knecht vorbei, daß dieser die Warnung fast körperlich spürte. Noch einmal, und die Peitsche würde nicht mehr vorbeistreichen, sondern treffen, hieß das Signal.

Dann kletterte der Deichgraf hastig auf den großen Stein neben dem Stalleingang, von dem er nicht gerne zugab, daß er ihn als Aufstiegshilfe benötigte, mußte trotzdem mit Nachhilfe ächzend auf sein Pferd geschoben werden und galoppierte davon, so schnell es mit seiner Bequemlichkeit vereinbar war. Beim ganz schnellen Galopp stieß sich sein Bauch am Sattelknopf, das mochte er nicht. Er blieb also aufrecht sitzen und drückte dem Pferd sein Hinterteil ins Kreuz. Das aber mochte das Pferd nicht.

Ohne einen Blick auf die Deicharbeiten zu werfen, ritt Peter Eckermann am Deich entlang. Die Stimmen der Arbeiter waren von der Seeseite des Deiches zu hören, das Klirren der Ketten an der Deichsel, wenn die Ochsen anzogen, und Befehle, die im Wind verwehten. Er passierte die Stelle, und die Geräusche erstarben.

Der Deichgraf blickte sich um. Der Zustand des eingedeichten Landes interessierte ihn brennend. Naß war es natürlich noch, aber vor der Eindeichung hatte das gesamte zukünftige Neuland weit oberhalb des normalen Hochwasserpegels gelegen und war damit unbedingt deichreif. Der Weißklee wuchs, soweit man blicken konnte. Noch ein paar Jahre, dann würde auch er erste Rendite daraus ziehen können, und wenn es nach ihm ging, so schnell und so viel wie möglich! An einigen Stellen des Neulands allerdings gab es unerwünscht viel Reet, vor allem dort, wo früher die Lecker Au einen ihrer Ausläufe gehabt hatte. Vögel flogen auf, als er sich näherte. Reiher, Enten, Gänse, Kiebitze, Austernfischer, Seeschwalben und Möwen. Ja, in diesem Winter würde man hier jagen können.

Eckermann sah sich wohlgefällig um, dann aber setzte er sich mit einem solchen Ruck in den Sattel, daß sein Pferd beinahe in die Knie ging: In dunstiger Ferne konnte er zwei rosafarbene langhalsige und hochbeinige Vögel erkennen. Da waren sie wieder, diese Flamingos, aus endloser Entfernung herbeigeflogen, um die Weltordnung zu stören. Wie rosige Störche sahen sie aus, aber so harmlos waren sie nicht, im Gegenteil, sie trugen die höllische Farbe ihres Meisters auf ihrem Federkleid. Aus dem heißen Süden kamen sie, aus dem katholischen Spanien, das selbst ein Vorraum zur Hölle war. Als sie das erste Mal aufgetaucht waren, hatten die Dorfbewohner in ihnen die teuflischen Vorboten eines kommenden Unglücks erkannt, und nicht lange danach war die große Flut über Nordfriesland gekommen. Der Deichgraf schüttelte drohend seine Faust, aber die Untiere ließen sich nicht stören, und er wandte sich stillschweigend und vorsichtig ab und ritt schnell weiter.

Die Stelle, an der gearbeitet wurde, hatte Peter Eckermann schon lange hinter sich. Hier war nichts als die Stille des Marschlandes. Herbstlicher Dunst lag über dem weiten Land, das nur aus Wasser, Schilf und Schlick zu bestehen schien. Dem Deichgrafen wurde es unbehaglich, und er sah sich um. Sein Pferd und er ... sonst keine lebenden Wesen. Die Vögel verschmolzen mit der Landschaft. Ihre Welt war es, sie waren hier nicht die Störenfriede. Auch sein Pferd schien es zu spüren, es galoppierte schneller, und der Deichgraf hatte nicht die Nerven, es zum Trab durchzuparieren. Sollte es laufen, fort von den Wassergespenstern und den nebligen Truggebilden, die zwischen den Weiden auftauchten und zerrannen, um sich anderswo neu zu formieren.

Der Deichgraf atmete erst auf, als er kurz vor Fahretoft auf den Mariendeich stieß. Er nahm die Zügel an, und sein Schimmel fiel in einen federnden Trab. Eckermann war nun wieder ganz Deichgraf und Respektsperson und hätte niemals zugegeben, daß er in der einsamen Marsch Angst ausgestanden hatte; er rückte sich im Sattel entsprechend zurecht.

Hier war Eckermann auf dem Gebiet ehemaliger Konkurrenz, und sein Blick wurde kritisch: Diesen Deich hatten die Holländer gebaut, als sie noch das Geld dafür besaßen. Der Deichgraf lächelte spöttisch im Gedanken an das Unglück, das die holländischen Interessenten getroffen hatte.

Die ganze Dagebüller Bucht wollten sie durchdämmen. So ein wahnsinniges Unternehmen. Wie alle vorausgesagt hatten, die etwas von der Sache verstanden, waren sie denn auch am Kleiseer Tief gescheitert; beim Bottschlotter Tief hatten sie es noch geschafft, das hart strömende Wasser mit Hilfe von versenkten Schiffen zu blockieren; aber die See ließ sich nicht narren, es kam die Manndränke vom 16. Oktober 1634, und so versank am Kleiseer Tief Rute um Rute des neuen Deiches im Wasser und mit ihnen die 300 000 Reichstaler, die das Unternehmen bis dahin gekostet hatte. Unter dem leisen Gelächter der Friesen waren die Holländer verarmt wieder nach Hause abgezogen. Seitdem war man sie los und brauchte sie auch nicht, das war jedenfalls die Meinung des Deichgrafen und vieler vernünftiger Leute.

Über den Deich der Holländer kam er bald an das Schleusenwerk der Lecker Au bei Bottschlott. Der Fluß führte gegenwärtig wenig Wasser. Eckermann seufzte. Sein ehemaliger Gehilfe hatte recht: Hier war der Pferdefuß seines eigenen Deiches. Von hier aus würde das Wasser der gestauten Au am neuen Deich nagen. Das würde fatal ausgehen, denn kein Deich konnte vom Binnenland aus geschützt werden. Noch ein Grund mehr, sein Land so bald wie möglich zu verkaufen, denn Bottschlott würde irgendwann durchbrechen. Das stand fest. Ja, es gab nicht viel, das den Deichgrafen überraschen konnte.

Unversehens waren seine Gedanken bei der Zukunft angekommen. Er hatte sein Fortkommen bis in die Einzelheiten geplant. Vor allem sein Ziel stand fest: Hamburg. Mit glänzenden Augen dachte er sehnsüchtig an die große Stadt. Aber das würde noch einige Jahre dauern, stellte er seufzend fest. Geld brauchte er, vor allem Geld.

Schließlich traf Eckermann verdreckt und verschwitzt in Niegaard ein. Dieses winzige Dorf war ebenso wie Fahretoft ehemals eine Hallig gewesen und auf einer Warft errichtet. Stöhnend stieg der Deichgraf vom Pferd, steifgeritten und etwas wund am Hinterteil. Er führte das Pferd den schmalen, steilen Steig zu den Häusern hoch, vorbei an ärmlich gekleideten Kindern, die ihn großäugig und mit dem Finger im Mund beobachteten. Der Rotz unter ihren Nasen glänzte. Als er sie angeekelt anblickte, zogen sie sich wortlos in einen Garten zurück und hockten sich hinter den Brunnenrand. Ihre blonden Köpfe tauchten ab und zu auf, und sie beobachteten ihn hartnäckig.

Oben auf der Warft schlug Eckermann den Weg ein, der an der Nordseite der Häuserreihe entlang führte. Ganz im Westen lag das Häuschen von Boy Spuk, dem sein Besuch galt.

Er band sein Pferd am Ring des Mauerankers fest, stand einen Moment unschlüssig neben dem unruhigen Tier und bückte sich dann, um durch den Türbogen in die Kate zu treten.

12.
Der Spökenkieker

„Moin", grüsste der Deichgraf, ohne jemanden zu sehen, durchmaß mit drei Schritten die winzige Diele des HalligHauses und trat in die Stube.

„Moin, moin", antwortete Boy gleichmütig und blieb sitzen. Mit einer zitterigen Handbewegung bat er den Deichgrafen immerhin, Platz zu nehmen.

Des Deichgrafen wuchtige Figur war viel zu groß für das kleine Zimmerchen: Zwischen dem Bilegger und dem Klapptisch war gerade noch Platz, um durchzugehen. Eckermann zwängte sich mit Mühe auf die Holzbank unterhalb des Fensters, zupfte die Schöße seines giftgrünen Wamses glatt und versuchte dann einen Platz für die Beine zu finden, an denen die Stulpen der Lederstiefel geradezu städtisch weit ausluden.

Boy betrachtete den Deichgrafen und seine Bemühungen mit Behagen und rückte keinen Zentimeter weiter. Er schwieg und ließ den Deichgrafen selbst seinen Anfang finden, was ihm doch sonst niemals Schwierigkeiten machte; aber hier schien dessen Zunge wie gelähmt zu sein. Das machte die dumpfe, abgestandene Luft, sagte sich Eckermann.

„Lange ist es her“, knurrte der Deichgraf schließlich und mußte sich räuspern.

Boy stimmte ihm mit einem Kopfnicken zu und gab sich ganz seinen Betrachtungen hin.

Auch der Deichgraf nutzte die Pause, um Boy zu mustern. Sah der Deichgraf aus wie ein städtischer Bürger, so war Boy ganz das Gegenteil davon. Sein weit ausgeschnittenes verwaschenes braunes Wams war ohne Schöße, und an den Ellenbogen blitzte die Haut hervor. Armut sprach aus seiner Kleidung und aus der dürftigen Einrichtung der Stube. Eckermann hob kurz den Blick, um Boy ins Gesicht zu sehen, und er mußte einen Aufschrei unterdrücken, als er erkannte, wie der Mann in den wenigen Jahren gealtert war. Beinahe hätte er seine eigenen Wangen abgetastet, um festzustellen, ob sie genauso wie bei dem Greis eingefallen waren.

„Na, genug gesehen?“ nuschelte Boy Spuk, als ob er wüßte, was in des Deichgrafen Kopf vor sich gegangen war.

Eckermann äußerte sich nicht.

„Was willst du?“ fragte endlich Boy und ergänzte gleich selbst: „Du brauchst wieder Hilfe. Du kommst immer nur zu mir, wenn du Hilfe brauchst.“

Der Deichgraf, dessen hochfahrendes Wesen in den letzten Minuten von ihm abgefallen zu sein schien, nickte zustimmend. „Ja, ich brauche Hilfe.“ Ein tiefer Seufzer deutete seine Ratlosigkeit an. „Du mußt vollenden, was du begonnen hast.“

Schmeicheleien verfingen bei den meisten Leuten, mit denen es der Deichgraf zu tun hatte, und auch hier konnte er es nicht lassen. Boy aber war zu arm, um nicht alles nüchtern zu sehen, und nahm deshalb wörtlich, was der Deichgraf sagte. Er nickte zustimmend. „Ich wußte schon immer, daß du nicht fähig bist, deine Angelegenheiten selbst zu regeln.“

Jetzt begehrte der Deichgraf doch auf, aber seine Empörung war trotz allem unterwürfig. „Ich habe alles aus eigener Kraft geschaffen, zwanzig Jahre lang."

„Mit Ausnahme des einen Mals", warf Boy spöttisch ein. „Und ohne dieses wäre auch alles andere nichts geworden."

„Zugegeben", sagte der Deichgraf plötzlich gleichgültig. „Dieses Mal aber liegen die Dinge anders. Ich kann dich bezahlen, gut bezahlen."

Boy sah seinen Besucher lauernd an. „So? Na, dann muß es aber sehr wichtig für dich sein."

Der Deichgraf biß sich auf die Lippen. Ohne Not hatte er bereits den Kaufpreis erhöht, das wußte er, und das wußte auch der alte Mann, dessen eingefallener Mund sich bereits spöttisch verzog. Aber gleich darauf verdüsterte sich sein Gesicht, und er schüttelte verneinend seinen Kopf, der nur noch aus der Haut über dem Schädelknochen zu bestehen schien. Einen Moment sah der Deichgraf ein Skelett vor sich sitzen, und ein Schauer überlief ihn.

„Ich bin nicht mehr bereit, ein Risiko einzugehen", sagte Boy, „dazu bin ich zu alt."

„Geld kann man immer gebrauchen, auch wenn man alt ist", lockte der Deichgraf.

Boy Spuk dachte einen Moment nach und stimmte dann zu. „Nur, wenn der Preis hoch genug ist, nur dann."

„Das versteht sich." Der Deichgraf nickte zufrieden. „Ich brauche deine Hilfe beim Deichbau", begann er dann geschäftsmäßig.

„Beim Deichbau? Sind dir sämtliche Arbeiter weggelaufen, daß du mich holst?"

„So meine ich es nicht, das weißt du wohl selbst." Der Deichgraf wurde zunehmend er selber, die düstere Stimmung war verflogen, und er konnte wieder nüchtern denken. „Wir nähern uns dem Ende des Baus, wir schließen den Deich in einigen Tagen", erklärte er. „Aber die Arbeiter sind lustlos, sie glauben nicht an den Erfolg."

„Glauben sie, daß die Lücke nicht zu schließen ist? Eine Tiefe, die ihr nicht durchdämmen könnt?" fragte Boy verblüfft.

Der Deichgraf schüttelte den Kopf. „Nein, wenn es das wäre, käme ich nicht zu dir. Das ist eine Aufgabe für einen Deichbauer, nicht für einen Spökenkieker."

„Also?"

„Nein, sie brauchen den Glauben an den Erfolg, wie ich schon sagte. Und den sollst du ihnen verschaffen."

„Das kann ich nicht", quengelte Boy Spuk mit plötzlich hoher Stimme. „Wenn du nicht so ein Geizkragen wärst, würdest du ihnen einige Tonnen Bier hinstellen. Was meinst du, wie schnell sie die Lücke zumachen würden!"

„Nein", lehnte der Deichgraf schroff ab. „Sie tun es nicht, sie wollen es nicht. Bier hin, Bier her."

„Dann mußt du sie aber sehr verärgert haben", kicherte der Alte, der noch nie Schwierigkeiten gehabt hatte, den Deichgrafen zu durchschauen.

Der Deichgraf wand sich auf seinem schmalen Sitz. „Mag sein", gab er zu. „Aber ich sehe keine andere Möglichkeit, sie jetzt noch umzustimmen, als mit deiner Hilfe."

„Was also erwartest du von mir?" wollte Boy Spuk wissen. Seine Stimmungen schienen, nicht anders als beim Deichgrafen, schnell umzuschlagen; er war jetzt der nüchterne Geschäftspartner, keine Rede war mehr vom quengeligen altersschwachen Greis.

„Du weißt, daß sie erst an die Haltbarkeit des Deiches glauben werden, wenn etwas Lebendiges darin begraben ist."

„Blut klebt Sand an Klei", murmelte der Alte mit düsterem Blick und nickte bedächtig.

„Eben", bestätigte der Deichgraf und fuhr fort: „Sie haben aber Angst, den alten Brauch aufleben zu lassen. Sie müssen dazu erst gebracht werden, wenn nötig, sogar getreten."

„Und ich soll sie treten?" kreischte Boy belustigt. „Soll ich ihnen vielleicht ein Kaninchen bringen?"

„Natürlich nicht", wandte der Deichgraf verdrossen ein. „Ein Kaninchen wäre zu wenig. Aber davon abgesehen, deine Aufgabe soll eine ganz andere sein."

Boy runzelte nachdenklich die Stirn, aber seine Augen waren hellwach. „Ja?" fragte er skeptisch.

„Du mußt ihnen prophezeien, daß der Deich brechen wird, falls sie es unterlassen, das Opfer zu bringen.“

Boy schwieg entsetzt. „Das geht nicht. Meine Gesichte sind immer echt. Ich habe noch nie eines gefälscht oder erfunden.“

Der Deichgraf ging über den Einwand mit einer unwilligen Bewegung hinweg.

„Wie du schon sagtest“, sprach er mit leisem Hohn, „ist es eine Frage des Preises. Nenne mir eine Summe, und ich zahle sie dir. Innerhalb vernünftiger Grenzen“, ergänzte er hastig.

Der Spökenkieker Boy schwieg lange. Dem Deichgrafen war es gleichgültig, er konnte warten. Er vermutete, daß der alte Gauner am Rechnen war, was es ihm einbringen konnte. Noch nie ein zweites Gesicht gefälscht! Das war ja lachhaft! Eckermann vermutete, daß er noch nie ein echtes gehabt hatte. Aber, wenn er ehrlich war, er wußte es nicht genau, und nur deshalb wagte er nicht, offen seinen Spott damit zu treiben.

Boy Spuk zog sich in sich selbst zurück. Die Runzeln und Falten seines Gesichtes wurden tiefer, er schloß langsam die Augen, und seine sommerbraune Gesichtsfarbe wechselte ins Fahlgelbe. Er schien kaum mehr zu atmen. Dem Deichgrafen wurde beklommen zumute.

„So, du glaubst mir nicht“, flüsterte der alte Mann in gehässigem Ton, und Eckermann lief es eiskalt über den Rücken. Was wußte der Alte? Konnte er Gedanken lesen?

„Du kannst mich nicht kaufen, nicht zu einem Mord.“

Der Deichgraf mußte sich zu Boy beugen, um ihn zu verstehen, so leise sprach er. „Meinst du mich damit?“ fragte er aufgebracht, aber Boy hörte ihn überhaupt nicht. Auch als Eckermann ihn vorsichtig am Arm faßte, gab der Alte nicht zu erkennen, daß er die Berührung spürte.

Der Deichgraf bekam Angst; mit seinen geballten Fäusten bekämpfte er sie und zwang sich zur Ruhe.

„Der Deich wird brechen.“

Nun endlich begriff Eckermann, daß Boy Spuk nicht bei sich war, er befand sich in einer Art Trance, die ihn weit weg aus dem Zimmer rückte. Befand der Alte sich in der Zukunft oder in der Vergangenheit?

Nun wurde der Deichgraf von echter Angst gepackt. Was wußte der Alte von einem Mord? Und der Deich würde brechen, hatte er prophezeit. Er näherte sein Gesicht dem des anderen. Der schien kaum noch zu atmen. Das Grinsen, das der Deichgraf, großspurig und seine Angst überspielend, aufgesetzt hatte, gefror auf seinen Lippen. Der Alte hatte wirklich das zweite Gesicht. Eckermann war endlich überzeugt.

Was den Mord betraf . . . , nun man würde sehen. Und den Deichbruch? Bei Licht betrachtet, hatte er ihn selbst ja bereits vorausgesagt. Jeder wußte, daß Deiche brachen. Eckermann beruhigte sich langsam wieder. Alles in allem war nichts Außergewöhnliches passiert, zumindest redete er sich das ein. Der Deichgraf wartete geduldig, ohne den Spökenkieker aus den Augen zu lassen. Boys Gesicht glänzte mit einem Mal schweißnaß, er rührte sich sacht in seinem Stuhl und kam dann zu sich.

„Oh, ich muß einen Moment in Gedanken gewesen sein", entschuldigte er sich. „Ich bin eben doch schon alt."

Der Deichgraf betrachtete ihn mit Mißtrauen, aber der Alte blickte so verlegen, anscheinend hatte er keine Ahnung von seinen prophetischen Äußerungen.

„Ja, du hast ein paar Minuten geschlafen", bestätigte er. „Ich wollte dich nicht wecken, du hast müde ausgesehen."

Boy nickte.

„Ich wollte von dir, daß du ihnen nahelegst, ein Deichopfer in die Lücke zu werfen", nahm der Deichgraf den Faden wieder an dem Punkt auf, an dem Boy in eine andere Welt übergewechselt war.

„Und ich sagte dir . . . "

„Ja, ja." Der Deichgraf fing an, ungeduldig zu werden. „Du brauchst ja kein Gesicht zu heucheln. Erkläre ihnen, du hättest es bereits gehabt, in der Nacht zum Beispiel."

Boy Spuk zupfte sich am Ohrläppchen. „Das geht", meinte er verblüfft. Daran hatte er noch nie gedacht.

„Sie werden es dir bestimmt glauben", stieß der Deichgraf nach.

Boy nickte. Daran gab es keine Zweifel. Aber ihm fiel etwas anderes, etwas Wichtiges ein. „Warum bist du so interessiert, daß sie ein Deichopfer bringen? Du glaubst doch nicht daran, oder doch?“ Mit einem Blick vergewisserte er sich, und als er den Deichgrafen verächtlich lächeln sah, gab er sich selbst die Antwort. „Also nein.“

Der Deichgraf wurde unwillig. „Das geht dich nichts an. Tue, wofür ich dich bezahle.“

„Nein, nein, Deichgraf, mich kannst du nicht übers Ohr hauen.“ Die schlaffe Hand des Spökenkiekers wedelte plötzlich sehr energisch vor dem Gesicht des Deichgrafen. Dieser entschloß sich zu reden.

„Nun ja, ich muß sie in die Hand bekommen“, erklärte er.

Boy Spuk schüttelte mißtrauisch den Kopf. „Doch nicht, indem sie ein Kaninchen in das Deichfundament legen. Nein, das machst du mir nicht weis.“

„Natürlich kein Kaninchen. Es ist ein Pferd“, sagte er widerwillig.

„Von jemandem, an dem du dich rächen willst? Ah so.“ Nun verstand Boy und ließ die Sache auf sich beruhen. Womöglich war es sogar besser, nicht zu wissen, was in den Deich hinein sollte. Er mißtraute dem Deichgrafen.

Auch der Deichgraf wechselte das Thema. Was gingen den alten Betrüger seine Pläne an? Er verabschiedete sich, nachdem sie noch einige Dinge abgesprochen hatten. Auch jetzt war niemand im Haus zu sehen oder zu hören, und der Deichgraf zog leise die Tür hinter sich zu. Der Schimmel schnaubte, als er den Knoten am Ring löste, und zitterte leicht. Eckermann klopfte ihm beruhigend auf die Kruppe. „Hast recht“, sagte er, „dieser Ort ist nicht angenehm. Hier liegt etwas Böses in der Luft.“

Er blickte nach oben. Kein Stern war zu sehen. Das Wetter würde sich ändern, dafür hatte er ein Gespür. Vielleicht kam daher auch seine Unruhe. Oder ging sie von Boy Spuk aus? Ihn fröstelte, und er führte eilig seinen Schimmel den steilen Weg hinunter.

Der Deichgraf machte sich im Dunkeln auf den Heimweg,

aber er wagte nicht, am neuen Deich entlang zu reiten, sondern nahm den langen Umweg über Lindholm in Kauf.

13. Nächtlicher Ausfall

Nun war der Herbst endgültig in Friesland eingezogen. Der Wind blies kräftig, schüttelte die Bäume durch: Holunder, Apfel, Linde, Kastanie, Ulme wurden kahler, fast schon durchsichtig; nur Buche, Eiche und Pappel widerstanden noch. Der Wind wechselte ständig zwischen Südwest und Nordwest, und der Wasserstand war entsprechend hoch. Der Deichfuß des neuen Bauwerkes wurde hin und wieder von Wasser überspült und mußte nun zeigen, was er wert war.

Bahne hatte es nicht besonders gemütlich in seiner Behelfshütte, aber um vieles besser als in der ersten Nacht. Er hatte die Ritzen zwischen den Hölzern mit Moos und Tang ausgestopft, das Dach aus Brettern mit Steinen beschwert und sogar eine Tür konstruiert, die mit Kälberstricken angebunden war. Jeden Tag ging ihm irgend ein Teil zu, das sein Haus verbesserte, hauptsächlich durch die Deicharbeiter, die es sachkundig betrachteten, die Stirn runzelten und dann mitbrachten, was sie für notwendig hielten; von zu Hause, aus dem Wald oder aus dem Moor. Brennmaterial besaß er nur knapp, denn er mußte weit gehen, um den Deich nach Schafsdung abzusuchen. Die Schafe weideten natürlich hauptsächlich auf den schon früher fertiggestellten Abschnitten des Deiches und wechselten nur ganz selten auf die anderen über. Und das nasse Schwemmholz taugte nicht für seine Zwecke, das hätte erst einmal ein Jahr trocknen müssen. Ihn grauste bei der Vorstellung, daß es Männer – Verbrecher konnte er sie nun nicht mehr nennen – gab, die jahrelang hatten auf dem Deich hausen müssen.

Bahne fing an, ungeduldig zu werden. Mit seiner Angelegenheit ging es nicht vorwärts, ganz im Gegensatz zum Deichbau, so daß abzusehen war, daß er mit leeren Händen dastehen würde, wenn der Deich fertig war. Er mußte also etwas unternehmen, um seine Unschuld nachzuweisen. Er hoffte, Beweise zu finden, hatte aber keine Vorstellungen, wie sie wohl aussehen könnten, und wie er vorgehen mußte.

Der Tag war so regnerisch und so kalt, wie es eben ist, wenn die Herbstregen in Nordfriesland einfallen. Die schwarze Wolkendecke hing tief, man konnte beinahe die Hände darin einwühlen, und es goß in Strömen. Irgendwann am Tag rissen die Wolken auf, aber nur, um die etwas höher ziehenden, geballten weißgrauen Wolken freizugeben, die einzelne Schauer brachten und für die Leute am Deich auch keine wesentliche Erleichterung waren. Und ähnlich wie das trübe Wetter war auch die Stimmung bei den Männern. Sie knurrten sich an, fuhren mit den Wagen rücksichtslos über den Arbeitsplatz anderer, und zuweilen brach einer einen Streit vom Zaun, der in eine Schlägerei ausartete. Solche Tage waren es, an denen Deicharbeiter bösartig wie Wildkatzen aufeinander losgehen konnten ... Wenn sie es nicht taten, war es das Verdienst besonnener Männer oder des Zufalls.

Das Wetter hatte auch Bahne nervös gemacht. Er ließ zuviel Zeit verstreichen! Bei stockfinsterer Nacht, in der man weder Mond noch Sterne erkennen konnte, machte er sich auf den Weg. Er glaubte nicht, daß der Deichgraf Wachen ausgestellt hatte mit dem Befehl, ihn zu fangen: Die Möglichkeit wäre viel zu vage gewesen. Deshalb hatte er keine Bedenken, sich ins Dorf zu wagen.

Mehr tastend als sehend, kroch er den Deich hinunter und marschierte geradewegs nach Langsbüll hinein. Ein Hund schlug in der Ferne an, und ein Pferd wieherte aufgeschreckt: Dem war wohl eine Ratte zwischen die Beine gelaufen. Als alles still blieb, bewegte Bahne sich vorsichtig weiter, zuerst zum Haus von Fiecken Plausch. Schon tagelang gingen ihm die sauberen, weichen Kleider nicht aus dem

Sinn, die in seiner Truhe ungenutzt lagen und die er so dringend benötigte. Er drückte leise die Hintertür zu Fieckens Haus auf und schlich hinein. Fiecken schnarchte vernehmlich in ihrem Alkoven in der Küche, aber es half alles nichts, er mußte da durch.

Im Stockdunkeln zog er sich um, was gar nicht so einfach war, denn er konnte die Kleidungsstücke nur durch Befühlen identifizieren. Als einer der Stiefel auf den Boden polterte, hielt er erschrocken an und wagte fast nicht zu atmen. Aber es schien noch einmal gutgegangen zu sein.

„Bist du also doch gekommen, Bahne Andresen?" fragte eine Stimme von der Kammertür her.

Bahne fuhr herum und erblickte im schwachen Schein des Küchenfeuers die Gestalt von Fiecken, mit aufgebundenem Haar und im Nachthemd. Gerade noch konnte er ein Grinsen unterdrücken. „Natürlich", antwortete er gleichmütig. Sie konnte ihn nicht erschrecken, sie nicht.

„Habe ich mir gedacht", sagte sie zufrieden, „ich habe auch ein paar Sachen für dich zurechtgelegt und deine Wäsche gewaschen."

Inzwischen hatte sie die tönerne Haube von der Glut genommen, das Herdfeuer wieder angefacht und auch ein Öllämpchen für Bahnes Zimmer vorbereitet. Als sie es auf seinem Tisch absetzte, streifte sie Bahnes nackten Oberkörper mit dem Ellenbogen, und der junge Mann rückte unwirsch zur Seite.

„Du kommst ja immer wieder zu mir zurück, nicht wahr?"

Bahne runzelte die Stirn, sagte aber nichts. Er machte sich eilig fertig und setzte sich hin, um die Stiefel anzuziehen. Als er sich bückte, strich ihm Fiecken zärtlich über den Nacken, und nun verstand Bahne endlich. „Fiecken, du bist nicht meine Mutter, laß die Hände von mir", sagte er energisch, aber ohne Zorn.

Statt einer Antwort saß die Frau plötzlich auf seinem Schoß und legte ihre Arme um seinen Hals. „Sieh mich an, Bahne, ich bin doch noch jung", bat sie, „viel jünger als deine Mutter!"

Bahne fühlte sich abgestoßen und angewidert; enttäuscht

war er, nun die Gründe für ihre Fürsorge zu kennen. Er sprang so abrupt auf, daß sie hinunterrutschte und vor ihm auf dem Boden lag. „Tut mir leid", murmelte er und wollte ihr aufhelfen.

Sie aber kniete sich hin, blickte ihn forschend an, und langsam verschwand die Verliebtheit aus ihrem Gesicht; die Krähenfüße um die Augen und die tiefen Täler am Mund tauchten wieder auf. „So ist das", sagte sie böse, „du hast keinen Blick mehr für mich, seitdem das Flittchen aufgetaucht ist, die kleine rote Hure."

„Fiecken", sagte er verblüfft, „wovon redest du? Ich habe dich immer als die Frau gesehen, die mir ein Zimmer vermietet, sonst nichts, und das weißt du wohl selbst."

„Hast du denn alles vergessen, was war?" fragte sie mit Sehnsucht, und Bahne verstand endlich, daß er der Mann ihrer nächtlichen Fantasien gewesen war. Er schüttelte den Kopf und rief damit einen plötzlichen Wutanfall hervor.

„Glaube nicht, ich hätte nicht gesehen, was ihr neulich in der Kammer getrieben habt!" fauchte sie. „Aber was soll man von so einer auch erwarten: Wie die Mutter, so ist sie selbst."

„Von wem sprichst du?" fragte Bahne.

Ihr Lachen erschreckte ihn. „Von Gotje natürlich, von wem denn sonst?"

„Ihre Mutter ist eine ehrbare Frau! Und Gotje auch."

„Hat sie nicht die ganze Zeit einen Liebhaber gehabt?" rief Fiecken schrill. „Sogar ein Kind hat sie von ihm. Wenn das nicht Unzucht ist!"

Bahne war zu verwirrt, um Gotje zu verteidigen. Wen meinte die alte Fiecken denn nun? Flüchtig ging ihm im Kopf herum, daß er selbst eifersüchtig gewesen war, als er Claus Sturm und Gotje auf dem Deich nebeneinander hatte sitzen sehen. „Gotje hat einen Liebhaber?" fragte er endlich.

„Außer dir wohl keinen", antwortete Fiecken, die endlich ihre Gefühle wieder im Griff hatte. „Die Güde Maria hatte einen, du Dummkopf, die Mutter von Gotje. Und wen wohl?" fragte sie und tänzelte vor Bahne hin und her, so mühsam das im engen Zimmer auch war.

Bahne schüttelte nur den Kopf.

Fiecken postierte sich vor ihn, flötete tonlos, um einen heftigen Wind nachzuahmen, und fragte. „Verstehst du nun?"

„Claus Sturm?"

„Jawohl, und Gotje ist seine Tochter!" Nun war es heraus, was Fiecken auf der Zunge gebrannt hatte. Sie verschränkte ihre Arme und blickte Bahne befriedigt an.

„Du bist dir ganz sicher?" fragte Bahne verstört.

„Kannst du mir etwas nennen, bei dem ich nicht sicher gewesen wäre?"

Das mußte Bahne ihr lassen, die Geheimnisse des Dorfes kannte Fiecken auf das genaueste. „Wissen es alle?" fragte er zögernd.

Sie schloß die Augen und zog die Schultern gleichgültig hoch. „Einige ja, einige nein. Es ist schon so lange her. Nur ich habe alles in meinem Kopf." Fiecken tippte sich mit dem knochigen Zeigefinger an die Stirn.

„Und der Deichgraf?"

Fiecken kicherte. „Natürlich. Deshalb behandelt er Güde Maria ja auch so schlecht." Ihr Gesicht bekam einen lüsternen Ausdruck, und sie näherte es Bahne, der versuchte, sich nicht anmerken zu lassen, wie sehr ihm dies widerstrebte. „Er schlägt sie, und manchmal schleppt er sie in seinen Alkoven. Sie muß ihm auf ganz verkehrte Art zu Willen sein. Er ist ein brutaler Mensch! Man hat sie schreien hören."

Bahne wurde von jähem Mitleid mit Gotje und ihrer Mutter erfüllt. Fiecken sah es ihm an. Sie richtete sich auf und stieg in die Küche hinunter. „Ich sehe schon, du bist nicht zu belehren", fauchte sie gehässig. „Also lauf doch in dein Unglück!"

Nicht dorthin, aber auf den Deich zurück mußte Bahne. Es war zu spät geworden, um Claus Sturm noch in dieser Nacht zur Rede zu stellen. Außerdem war Bahne nicht mehr ganz sicher, ob er wirklich dem Vater von Gotje nachweisen wollte, den Deich durchstochen zu haben.

14. Zündende Reden

„Männer!" rief der Deichgraf am nächsten Morgen, am Rand des kurzen Teilstückes des Deiches stehend, das noch nicht fertiggestellt war.

Die Männer strömten zusammen. Anscheinend hatte der Deichgraf ihnen etwas Wichtiges zu sagen.

„Ich habe sowieso schon Durst", brummte einer, der ordentlich ein Stück laufen und dabei vom Deichfuß bis zur Krone klettern mußte. Die Pfeife, die einer der Vorarbeiter blies, rief sie von weit her.

„Bilde dir nicht ein, du bekämst was von dem da", entgegnete ein anderer erzürnt und wies mit dem Kinn zum Deichgrafen. „Zum Umtrunk will der uns bestimmt nicht einladen."

„Aber mit irgend etwas muß man den Schluß der Teilstücke ja feiern." Der erste, ein Niegaarder, war ziemlich aufgebracht und sprach im Zorn mit schriller Stimme. „Ein Deich, den man nicht ordnungsgemäß schließt, taugt sowieso nichts. Der bricht auf, das sage ich dir."

Schweigend stimmte der Angesprochene zu. Je enger die ungedeichte Lücke wurde, desto unruhiger wurden die Deicharbeiter. Seit Tagen schon wurde hier und da geflüstert, man brach ab, wenn jemand kam, den man nicht so gut kannte, kurz, es war zu merken, daß alle auf etwas warteten.

„Weißt du noch ..." fing der eine Arbeiter wieder an, „wie das Kleiseer Tief aufbrach?"

Der andere schüttelte stumm den Kopf.

„Ich war dabei, ich habe es gesehen. Es hieß zuerst, sie würden ein Pferd opfern, einen großen, schönen Schimmel, aber als das dem holländischen Deichbauer mitgeteilt wurde, fing er ein Wutgeschrei an, daß man es noch auf der Insel Fahretoft hören konnte, und verbot es den Männern einfach." Er sah den Langsbüller, mit dem er sprach, bedeutsam an.

„Und?“ fragte der gespannt.

„Na ja, wir haben dann einen Hund in eine der Schuten geschmuggelt, die versenkt wurden, aber man konnte sich ja an fünf Fingern abzählen, daß es nicht klappen würde.“

„Ach, einen Hund.“ Der Langsbüller winkte verächtlich ab.

„Na, eben“, fuhr der aus Niegaard fort, „mich wundert, ehrlich gesagt, daß die Durchdämmung noch bis zum Oktobersturm gehalten hat, ich habe ihr ja keine vierundzwanzig Stunden gegeben. Mit einem Hund!“

„Und das ausgerechnet an der härtesten Strömung in der Dagebüller Bucht!“ Der Langsbüller Deicharbeiter kannte sich mit den Wasserverhältnissen genauso gut aus, wie irgendeiner von ihnen.

Sie stapften schweigend im Matsch vorwärts, bis der Niegaarder den anderen mit dem Ellenbogen anstieß. „Eigentlich“, sagte er verschwörerisch, „hätte ein Pferd auch nicht ausgereicht. Wir wußten das.“

„Gab es denn niemanden, den ihr ...?“ Der Arbeiter machte mit der flachen Hand einen imaginären Schnitt durch seine Kehle.

„Nein, jedenfalls keinen, bei dem es nicht aufgefallen wäre. Wir haben hin und her überlegt. Nein, keinen Mann.“

„Aber?“

Der Niegaarder zögerte. „Na, eine junge Frau hätte es vielleicht gegeben. Mit dem Dingsda auf der Stirn.“ Er malte einen Halbkreis unter seiner tiefgezogenen Kappe, und der andere verstand. Eine Hure.

„Und?“

„Nein, es war ausgeschlossen. Die haben uns beobachtet wie die Hühnerhunde bei der Jagd.“

Der Langsbüller nickte verständnisvoll. „Vergiß es. Und die Holländer haben ja gesehen, was passiert, wenn sie die Sitten des Gastgeberlandes nicht respektieren.“

„Wahr, wahr, aber schließlich hatten nicht nur die ihr Geld in dem Projekt, sondern auch wir Friesen. Und geschädigt wurden wir alle, auch die, die am Deichbau selbst nicht beteiligt waren.“

Das stimmte. Vieles war ihnen entgangen. Land wäre eingedeicht worden, neue Dörfer entstanden, vielleicht sogar ein Hafen gebaut worden ...

„Wer weiß, vielleicht besäße ich heute einen Haubarg im Holländer Koog", träumte der Mann aus Niegaard laut.

„Was für ein Holländer Koog?" erkundigte sich der etwas langsame Langsbüller.

„Wenn die Holländer das Projekt beendet hätten, gäbe es heute zwischen Fahretoft und Hingstness oder Gröde den Holländerkoog, da kannst du Gift darauf nehmen." Er lachte dröhnend und hörte abrupt auf, als ihm bewußt wurde, daß sie ihn ja eben nicht hatten.

„Ja, ja, das stimmt natürlich."

Inzwischen waren sie bei der Sammelstelle angekommen, wo die Männer bereits einen dichten Kreis um den Deichgrafen gebildet hatten.

„Männer", wiederholte dieser mit lauter Stimme. „Ihr habt wacker gearbeitet. Noch wenige Tage, und ihr werdet den Deich, an dem ihr vier Jahre gebaut habt, schließen können."

Ja, ja, nickten sie. Das war selbstverständlich jedem klar. „Deichbier!" rief einer fordernd von hinten, so daß der Deichgraf es hören konnte.

„Nun, natürlich", antwortete Eckermann mit Unbehagen und kratzte sich dort, wo der Gürtel seinen Leib zu stark einengte. Bei einigen Männern hoben sich die Augenbrauen fragend. Was wollte denn der Alte, wenn ein Fest nicht das war, was er im Sinn hatte?

Der Deichgraf fuhr fort, nachdem er sich ausgiebig die Kehle freigeräuspert hatte: „Ein Umtrunk ist gut und schön ... "

Hier wurde er unterbrochen. „Kein Umtrunk!" rief ein Arbeiter böse, „ein richtiges Deichbier, mindestens drei Tage lang!"

„Jawohl, drei Tage", wiederholten die übrigen.

„Äh", stotterte der Deichgraf, „gut, ich dachte aber an etwas anderes." Hastig leitete er auf sein eigentliches Anliegen über. „Es geht um die Sicherung des Deiches. Wir haben als letztes Stück ausgerechnet auch das schwierigste des ganzen Deiches zu bauen. Wir dürfen nicht übermütig werden. Wir dürfen deshalb nicht nur in der Größenordnung der Deichbautechnik denken, sondern müssen uns auch der Mächte erinnern, die uns dabei helfen können, die aber andererseits auch unser ganzes gemeinsames Werk zerstören können."

Endlich lauschten die erstaunten Deicharbeiter aufmerksam, und die Nervosität von Eckermann nahm ab. Bei der Rede konnte er sich als Mann zeigen, das war schon immer seine Stärke gewesen. Wesentlich ruhiger fuhr er fort: „Wir müssen außer an die Deichbautechnik, die ich verantworte, auch an Dinge denken, die jenseits meiner Macht liegen."

Der Deichgraf machte eine Pause in seiner Rede, und die Deicharbeiter sahen sich verwundert an. Was meinte er bloß?

„Wir haben uns auch daran zu erinnern, daß bereits lange vor uns Friesen Deiche bauten, gute und schlechte. Die meisten aber waren gut, sonst wären wir nicht da, wo wir heute sind."

Die Männer nickten. Endlich einmal hörten sie aus dem Mund eines Berufenen das Lob der nordfriesischen Deichbaukunst. Verräter waren es, die behaupteten, daß die Holländer besser bauen konnten.

„Und auch unsere Vorfahren waren davon überzeugt", fuhr der Deichgraf fort, „daß nicht nur ihre eigenen Kenntnisse die Köge schützten, sondern daß es Mächte gibt, die ihre Hand wohlwollend über uns halten. Die alten Friesen bemühten sich, diese Mächte gnädig zu stimmen, und sie wußten: Je größer das Opfer, das sie für einen Deich bringen, desto länger hält er."

Wieder machte der Deichgraf eine Pause, und während er sich die Nase schnaubte, huschten seine Augen über die Männer, um festzustellen, ob seine Rede so angekommen war, wie er sie gemeint hatte. Sie war. Die Männer waren aufgeregt. Sie tuschelten miteinander.

Der Niegaarder stieß den Langsbüller an, mit dem er immer noch zusammenstand, kniff ein Auge zusammen und raunte ihm zu: „Opfer, hörst du?"

Und auch vielen anderen Deichbauarbeitern blieb das Wort im Gedächtnis, und man stritt sich später insbesondere deshalb darüber, wie es gemeint gewesen war, weil hier kaum noch jemand zugehört hatte.

Erst nach einer Weile fing der Deichgraf die Aufmerksamkeit der Männer wieder ein, und er wählte an genau berechneter Stelle ein ganz anderes Thema ...

„Eines der schlimmsten Verbrechen, die wir kennen, ist das Durchstechen eines Deiches, wie ihr alle wißt. Nun arbeitet seit Tagen in eurer Mitte Bahne Andresen mit, der überführt worden ist, den Deich durchstochen zu haben. Er genießt das Asylrecht, das ihm wie jedem Verbrecher zusteht, und es wird respektiert werden bis zur letzten Stunde, aber diese letzte Stunde ist bald gekommen ... " Der Deichgraf hob seine Faust in die Höhe, und die Männer starrten ihn an. „Keiner legt Hand an unsere Deiche", rief er pathetisch, „ohne sein Leben zu verwirken! Sterben soll er, sterben!"

„Jawohl!" riefen die Männer aus Niegaard und Broderup. „Sterben soll er dafür!"

Manch einer der Besonnenen schüttelte ungläubig den Kopf, aber den meisten stand ins Gesicht geschrieben, daß sie nach Buße durch den Attentäter verlangten. Die Niegaarder und Broderuper schienen bereit, den Schuldigen auf der Stelle zu strafen.

Bahne, in der Mitte der Arbeiter, die Schaufel noch in der Hand, war entgeistert. Er versuchte, sich nach vorne durchzudrängen, und rief laut: „Aber ich war es doch gar nicht!"

„Wer denn?" fragte ein Niegaarder spöttisch.

Bahne zögerte ein Augenzwinkern zu lange, um glaubwürdig zu sein, und sagte dann sehr viel leiser als eben noch: „Ich weiß es nicht."

Seine Beteuerung ging unter in einem Wutgeschrei, die Männer drängten gegen Bahne und riefen: „Tod dem Verbrecher, der sich gegen den Deich vergeht!"

Der Deichgraf, der mit unbewegtem Gesicht sowohl

Bahne ausreden als auch die Männer sich austoben ließ, was wiederum seine eigene Glaubwürdigkeit erhöhte, winkte die Arbeiter endlich zur Ruhe, blickte den jungen Mann streng an und gab dann sein endgültiges Urteil über ihn ab. „Bahne, Ihr seid ein Lügner, und nicht nur das, ein Mörder seid Ihr. Wenn es nach Euch gegangen wäre, hättet Ihr kaltblütig diese Menschen hier ertrinken lassen."

Nun hätte man glauben können, daß sich die Leute wütend auf Bahne stürzen würden, aber nichts dergleichen geschah. Die Broderuper und Niegaarder, deren Erregung mittlerweile unter dem nüchternen Ton des Deichgrafen abgeebbt war, bildeten einen immer größer werdenden Kreis um Bahne und starrten ihn schweigend und mit Verachtung an. Die Langsbüller taten gar nichts, sie blieben stehen oder ließen sich wegdrängen und hielten im übrigen den Mund. Claus Clausen aber stand weit außerhalb der Zuhörer des Deichgrafen.

„Ich war es doch nicht", beharrte Bahne leise. Hilflos hob er die Hände, ließ sie wieder sinken und wartete.

Einer nach dem anderen wandten sich die Männer wieder dem Deichgrafen zu, und dieser setzte seine Rede mit schneidender Stimme fort: „Ihr wißt, welche Strafe bei uns auf Durchstechen eines Deiches steht: der Feuertod in den Flammen eines Scheiterhaufens, den ihr selbst hinter dem Deich aufschichten werdet."

Die Deicharbeiter hatten inzwischen den Kreis wieder um den Deichgrafen geschlossen; Bahne stand unbeachtet weit ab und allein. Mit starrem Gesicht und hoch erhobenem Kopf hörte er sein Todesurteil an.

„Ich kenne nur noch eine Todesart", fuhr Eckermann mit lauter werdender Stimme fort, „die ebenso angemessen wäre, und das ist der Tod durch Ertränken! Kaum etwas kann schlimmer sein, als wenn der Delinquent das Wasser höher und höher steigen fühlt, zuerst an die Beine, dann bis zum Gürtel, bis zum Kinn, die Wellen lecken an die Nase, der Verurteilte hebt den Kopf hoch, es hilft ihm nichts, er schnappt noch in einem Wellental nach Luft, dann … aus."

Der Deichgraf sackte in sich zusammen, und auch die

Männer pusteten hörbar aus. Mit grimmigen Gesichtern hatten sie zur Kenntnis genommen, wie die wahrhaft angemessene Strafe für einen Deichverbrecher ausstehen sollte. Manche nickten und ballten die Fäuste.

„Nun arbeitet weiter, Leute“, sagte Eckermann nach einer Weile mit aufmunterndem Lächeln. „Ihr habt gut gearbeitet, und wenn ihr den Rest auch noch zu meiner Zufriedenheit erledigt, gibt es ein Fest, an das man sich hier noch lange erinnern wird.“

Verblüfft lauschten die Leute den versöhnlichen Tönen, die fast vergessen ließen, daß Eckermann soeben den Tod eines Mannes verkündet hatte.

Der Deichgraf wandte sich um und ging, die Männer aber hatten lange noch verschiedene Dinge zu bereden. Bahne arbeitete abseits und wußte hinterher selber nicht mehr, was er eigentlich gemacht hatte.

15.
Claus Sturm

Bahne war nach der Rede des Deichgrafen, die jeden Rest seiner Hoffnung zerstörte, verzweifelt: Die Zeit drängte, er wußte immer noch nicht mit Sicherheit, wer der wahre Täter war, und außerdem hatte er begriffen, daß es ihm nicht gelingen würde, den Deichgrafen zu überzeugen. Eher schien es so, als ob der Deichgraf Bahne um jeden Preis opfern wollte, auch um den, einen Unschuldigen zu bestrafen.

Am Abend kroch er wieder vom Deich herunter, schlug sich auf Seitenpfaden hinter das Dorf und näherte sich von den Weiden aus dem Haus von Claus Sturm. Obwohl er sich darüber zu keiner Zeit im unklaren war, daß die niedrigen Schatten auf der Erde die wiederkäuenden Ochsen waren, erschrak er mächtig, als vor ihm ein weißer Fleck lautlos über den Boden tanzte. Wie erstarrt blieb er stehen und entspannte sich erst, als er merkte, daß er das Flotzmaul eines Rindes für einen Nachtmahr gehalten hatte. Er schämte sich wegen seiner Angst und wischte sich den Schweiß von der Stirn. Bei Tage lächelte er über die Erzählungen alter Leute, die von schrecklichen Begegnungen mit Unholden zu berichten wußten, natürlich, aber nachts? Wer weiß, vielleicht war doch etwas daran.

Kein Lebenszeichen deutete an, daß das Haus von Claus Sturm bewohnt war, obwohl Bahne von Claus selbst wußte, daß sich der Käufer seines Hauses noch nicht darum gekümmert hatte. Dieser Martin Lämmerschwanz mußte ein merkwürdiger Vogel sein.

Claus Clausens Wall war an der Südostecke nur von Gras zwischen den kopfgroßen Steinen bedeckt, kein Gebüsch und kein Holunderstrauch hinderte Bahne, mit einem Satz hinüberzuspringen. Im Garten orientierte er sich. Anscheinend war er zwischen den Rüben und dem Kohl gelandet. Vorsichtig die Beete meidend, schlich er zum Brunnenrand, der ihm für kurze Zeit Deckung gab, und kroch dann auf die Steinbrücke, die ums Haus führte. Winzige Fensterchen zeigten ihm, daß er sich vor der Küche befinden mußte, aus der kein Laut drang, weder Atmen noch Schnarchen. Auch hinter dem Fenster zur Kellerstube, die erhöht lag, konnte er niemanden erspähen.

An der Giebelseite befanden sich zwei gemalte Fenster, an der Vorderseite des Hauses die Fenster des Pesels und der Dörns. Wie es sich gehörte, waren sie etwas größer als die anderen und verhältnismäßig stattlich, aber Bahne konnte trotzdem kein Lebenszeichen von Claus sehen oder hören. Er wunderte sich. Das Haus war nicht verlassen, das spürte man deutlich. Ihm war im Gegenteil so, als ob er fast die körperliche Anwesenheit eines anderen merken konnte. Es wurde ihm unbehaglich zumute, und er fuhr herum.

Er hatte sich getäuscht. Der Garten war so leer wie zuvor. Ohne besonders leise zu sein, beendete er nun seinen Rundgang ums Haus, denn am Stallteil erwartete er erst recht niemanden. Die obere Hälfte der Stalltür stand offen, war an der Mauer angehakt, und Bahne konnte eine Kuh behaglich wiederkäuen hören. Die gewöhnlichen Nachtgeräusche eines Stalls zeigten ihm an, daß auch hier niemand außer den Tieren anwesend war. Am Brunnen wieder angekommen, setzte er sich hin und dachte nach. Der Vogel war ausgeflogen, kein Zweifel.

Nichts warnte ihn, und vermutlich waren die Windgeräusche daran schuld, daß er nichts hörte, aber auch seine eigene Sorglosigkeit. Feinfühlig, wie er aber dem Wind gegenüber war, fast wie ein Seemann, spürte er an der windabgewandten Seite seines Halses einen leichten Luftzug, und der rettete ihn, denn instinktiv sprang er auf, und der harte Gegenstand, der gegen seinen Kopf gezielt war, traf ihn am Rücken. Etwas benommen, wurde Bahne sich bewußt, daß er im Matsch am Brunnen kniete und sein Arm wie gelähmt war. Als er aufblickte, sah er vor sich Claus Sturm stehen, unbändigen Zorn im Gesicht und sogar Mordlust.

Bahne gelang es, mit knapper Not den starken Knüppel von sich wegzudrücken, und langsam ebbte die Wut in Claus' Augen ab.

„Ach, du bist es“, sagte Claus Sturm und konnte die Angst in seiner Stimme nicht unterdrücken.

„Ja, ich, wundert dich das?“ fragte Bahne, der eher erstaunt war, als daß er sich noch bedroht gefühlt hätte.

„Ja, ich dachte, sie holen mich“, murmelte Claus tonlos und schien ein Schreckgebilde vor Augen zu haben, vor dem er zurückwich.

Bahne nahm dem älteren Mann den Stock vorsichtig aus der Hand, dann drückte er ihn nieder, damit er sich auf den Brunnenrand setzen konnte.

„Wer?“ wollte er wissen.

„Die Männer des Deichgrafen“, bekannte Claus, der mit den Nerven sichtlich am Ende war.

„Warst du es, der den Deich ...?“

Claus Sturm, von dem nicht einmal mehr eine Brise übrig war, nickte wortlos. Bahne bemerkte jetzt auch, daß er viel älter wirkte als bisher: Nun konnte man ihn, ohne sich zu wundern, für Gotjes Vater halten.

„Wir sollten uns im Haus weiterunterhalten“, schlug der junge Mann energisch vor und schob Claus widerspruchslos durch die Hintertür. „Es wäre nicht gut, wenn jemand uns hier hört ... “

Nachdem Bahne den willenlosen Claus Sturm auf einen Stuhl gesetzt hatte, fachte er im Küchenherd das Feuer wieder an, das bereits für die Nacht verwahrt war, suchte mit Hilfe eines Talglichtes nach den Biervorräten und erwärmte davon genügend, um den schweigsamen Claus wieder auf die Beine zu bringen.

Bahne war erleichtert, das Rätsel gelöst zu haben, wenn auch manches jetzt noch komplizierter geworden war.

„So“, sagte er und zwang dem Hausherrn eine ganze Schale des Getränks, in das er noch Zwieback zur Stärkung eingebrockt hatte, fürsorglich auf. Claus Sturm schien ihm auf eine besondere Weise zerfallen zu sein, so, als hätte er sich in den letzten Tagen vernachlässigt. Wahrscheinlich schwere Arbeit am Deich und aus Angst nichts gegessen, mutmaßte Bahne und traf damit den Nagel auf den Kopf. Und ihm fiel ein, daß Claus Sturm sich nie mehr an den gemeinsamen Mahlzeiten am Deich beteiligt hatte.

Claus Sturm wurde wieder lebendiger. Er rührte sich in seinem Stuhl und blickte Bahne dann an. „Es tut mir leid, ich wollte dich nicht verletzen, ich wollte mich nur von den anderen befreien“, erklärte er. „Habe ich dich sehr schwer getroffen?“

Bahne schüttelte den Kopf. Ihm gingen andere Dinge im Kopf herum.

„Warum hast du den Deich zerstört?“ fragte er. „Warum beim Deichgrafen?“

„Wenn mir einer im Leben Unglück gebracht hat, dann der“, knurrte Claus Sturm. „Er hat mir meine Frau gestohlen oder noch schlimmer, er hat sie gekauft! Und ihr Vater hat sie wie ein Pferd verkauft! Mit Fohlen!“ Haß sprühte aus seinen Augen, und er schien wieder der alte zu sein.

„Mit Fohlen?“ Bahne wollte seinen Ohren kaum trauen. „Wie meinst du das?“

„Gotje“, erklärte der andere kurz. „Meine Tochter, weißt du das nicht?“

„Doch“, gab Bahne zögernd zu, „aber ich hätte nicht gedacht, daß du es weißt.“

„Sollte ausgerechnet ich nicht wissen, was alle wissen?“ Claus Sturm blickte Bahne spöttisch an.

„Es wundert mich, daß du so kaltschnäuzig über deine Tochter reden kannst“, warf Bahne ihm vor.

Claus zuckte die Schultern. „Ich habe einige Kinder, weißt du?“ fragte er, leise lächelnd. „Aber wenn du es genau wissen willst, so hänge ich am meisten an Gotje. Sie ist das schönste meiner Kinder und die einzige, die sich um mich kümmert.“

„Sie weiß es auch?“

„Bist du etwas begriffsstutzig?“ wollte Claus mißtrauisch wissen und lehnte sich vor, um Bahne ins Gesicht zu sehen. „Nein, ich glaube, du bist nur tatsächlich so naiv, wie du fragst. Natürlich weiß sie es, und ihre Mutter auch und die Nachbarn und das ganze Dorf ...“, zählte er zynisch auf. „Habe ich noch jemanden vergessen? Na, natürlich weiß es Fiecken Plausch“, ergänzte er und lachte schallend. Sein Gelächter wurde von den hölzernen Wänden verschluckt, aber dem jungen Deichbauer gellte es schrill in den Ohren. Bahne schwieg erbittert. Hatte er gedacht, es handele sich um einen geheimgehaltenen Fehltritt, so wurde diese Tatsache statt dessen anscheinend in aller Öffentlichkeit diskutiert oder auch nicht, weil es sowieso jeder wußte. Aber das war es nicht, was seine Wut hervorgerufen hatte, sondern die Gleichgültigkeit, die Claus Sturm an den Tag legte.

„Warum glaubtest du, daß sie dich suchen?“ fiel dem Deichbauer plötzlich ein. „Bisher waren sie doch hinter mir her, und der Deichgraf ist ganz versessen darauf, mich zu fangen.“

Claus Sturm zuckte mit den Schultern.

„Ich wußte es nicht genau, aber ich dachte, der Deichgraf schiebt dich vielleicht nur vor, um mich in Sicherheit zu wiegen. Und ich werde nicht auf den Deich flüchten, das sage ich dir." Er wies mit dem Daumen zur kleinen Kammer. „Mein Packsack ist schon fertig, ich haue bald ab."

„Und ich?" fragte Bahne empört. „Soll ich für dich ins Feuer gehen?"

Claus Sturm blickte ihn offen an. „Keine Ahnung; was du tun willst, mußt du selbst wissen. Aber du glaubst doch nicht im Ernst, daß ich mich nun freiwillig stelle, oder?"

Bahne mußte Claus Sturm gegen seinen Willen recht geben. Es hätte eines anderen Charakters bedurft, als Claus ihn besaß, um aus eigenem Antrieb in den Scheiterhaufen zu marschieren. Das konnte man von keinem Menschen verlangen. Ich glaube, ich täte es auch nicht, dachte Bahne, dem in diesem Moment auch einige Erkenntnisse über seine eigene Person aufgingen, und ihm trat der Schweiß auf die Stirn.

„Und glaube auch nicht, du könntest mich ausliefern", drohte Claus. „Das schaffst du nicht, in Raufereien bin ich wohl geübter", bekannte er mit leisem Spott.

„Ich hatte auch keinen Augenblick die Absicht", versicherte Bahne wahrheitsgemäß.

„So?" Claus Sturm wußte immer noch nicht, wie weit er Bahne trauen konnte.

„Nein, nicht den Vater von Gotje", behauptete Bahne. Das war deutlich, und auch Claus verstand es.

„Daher weht der Wind also", sagte er. „Na, viel Glück. Du bist mir recht."

Das war eine recht unübliche Art, das elterliche Einverständnis abzugeben, daß ein junger Bursche sich einem Mädchen in allen Ehren nähern durfte, aber die Umstände waren eben auch außergewöhnlich, und genaugenommen hatte Claus Sturm sowieso über seine Tochter nicht zu befinden. Die Frage war nur, ob es Bahne jemals möglich sein würde, Gotje näher kennenzulernen, denn wie sollte er freigesprochen vom Deich kommen, wenn er den Täter nicht beibringen wollte oder konnte?

Bahne stand abrupt auf. Die Schwierigkeiten, in denen er selber steckte, waren größer als die von Claus Sturm, deshalb hatte es keinen Zweck, sich weiter mit den fremden zu befassen. Er verabschiedete sich kühl und verließ das Haus durch den Vordereingang. Claus Clausen blickte ihm nachdenklich nach.

16. Boys Gesicht

In Niegaard standen die Frauen flüsternd vor den ärmlichen Häusern. Manche waren noch nicht richtig angezogen, oder die Zöpfe waren ungeflochten, oder die Haube war in aller Eile auf den Kopf geflogen und geblieben, wo sie gelandet war. In jäher Angst drückten die Frauen die kleinen Kinder an sich, die vergebens strampelten, um wieder freigelassen zu werden. Was wußten diese schon von einer Flutgefahr?

Die Männer aber waren unten am Graben, diskutierten laut und fuchtelten erregt mit den Händen in der Luft herum.

Nur der alte Boy Spuk, Urheber der Aufregung, war nicht zu sehen. Er hatte sich wieder in seine Stube zurückgezogen, trank in aller Ruhe ein Schälchen Milch und zwinkerte seiner Frau mit einem Auge zu. Sie grinste zahnlos und wußte, es hatte geklappt.

Sachte wiegte die Frau sich in ihrem hölzernen Schaukelstuhl vor und zurück und träumte von einem Krug Schnaps. Vielleicht auch ein Fest, so richtig nach der Friesen Art, ausgerichtet für das ganze Dorf und von mehreren Tagen Dauer; so eins, das heutzutage die Obrigkeit verbot, in der Meinung, mancher ruiniere sich ohne Sinn und Verstand. Ja, von so einem Fest träumte sie schon lange. Sie lächelte beglückt mit geschlossenen Augen und schaukelte.

Boy Spuk hatte am frühen Morgen den Sprecher des kleinen Dorfes kommen lassen und dabei um ein strenges Stillschweigen gebeten. Das war so ernst nicht gemeint, aber es erhöhte des Dorfvorstehers Wißbegier. Boy brachte stets diese Formel vor, wenn er meinte, daß der Dorfvorsteher eine Botschaft nach eigenem Ermessen weitergeben solle.

Der Dorfvorsteher konnte jedenfalls erwarten, eine Prophezeiung oder eine Empfehlung zu hören. Er neigte sein neugieriges Gesicht dem alten Mann zu und lauschte aufmerksam; sein Mund war leicht geöffnet, und mit jedem Satz des Spökenkiekers nickte er gewaltsam, so, als ob er ihn zum Sprechen anfeuern müsse.

Mit alterszitternden braunen Händen hielt Boy sich an den Lehnen seines Stuhls fest und berichtete dem Gemeindesprecher mit vielen Unterbrechungen und unter Seufzern.

„Der Deich wird brechen", sagte Boy, weinend fast.

„Unser Deich?" fragte der Vorsteher entsetzt.

„Nein, nein, ein anderer", berichtigte Boy vage, wie man es von ihm gewöhnt war.

„Welcher, Boy, welcher, besinn dich!" forderte sein Besucher ihn eindringlich auf.

„Ich sehe Leute zum Deich eilen", fuhr Boy fort, als ob er die Frage nicht gehört hätte. „Die Kirchenglocken läuten."

„Wir haben doch gar keine Kirche", wandte der Gemeindevorsteher irritiert ein. „Also nicht unser Deich." Er verstand und hoffte, daß Boy noch etwas sagte.

„Keine Schafe."

Der Vorsteher runzelte die Stirn. Auf allen Deichen befanden sich Schafe. Meinte Boy einen anderen Ort?

„Und Steine am Ufer. Wellen schlagen dagegen." Der Spökenkieker unterbrach sich. Plötzlich blickte er den Vorsteher an. „Nein, ich weiß nicht, welcher Deich es ist", beantwortete er mit normaler Stimme und wachen Augen die Frage seines Besuchers.

Aber bevor Boy noch zuende geredet hatte, hatte der Vorsteher begriffen: Es handelte sich um den neuen Steindeich, an dem Bahne gebaut hatte. Deswegen waren auch keine Schafe darauf, weil er noch nicht fertig war.

„Der Bahnedeich", rief der Vorsteher beglückt aus, weil er das Rätsel gelöst hatte.

Boy seufzte tief, dachte: Das wurde aber auch höchste Zeit, du Dummkopf, und sagte laut: „Mag sein, ich kenne ihn nicht, aber wenn du meinst ..."

„Selbstverständlich!" Der Gemeindevorsteher war absolut überzeugt. Es war ja nicht das erstemal, daß er Boys Gesichte empfangen und in verständliche Sätze übersetzen mußte. Nicht immer, aber doch gelegentlich, ergab es sich auch, daß ein vom Gemeindevorsteher formulierter Zusatz notwendig war, um alles in die richtigen Bahnen zu lenken.

Boy Spuk schwieg einen Moment, wie um sich von der Anstrengung zu erholen, die ihn das Empfangen des Zweiten Gesichtes kostete. Manchmal wußte er hinterher selbst nicht, was er gesagt hatte, ja, das kam oft vor.

„Das verstehe ich nicht", sagte er dann, als ob er zum Verständnis seines eigenen Gesichtes den anderen brauche, „zwei ausgelernte Deichbauer und trotzdem ein Deichbruch? Hat nicht der eine sogar in Holland gelernt?"

Der Vorsteher beugte sich vor, machte eine geheimnisvolle Miene, denn auch er wußte schließlich Dinge, die anderen nicht zugänglich waren, legte die Hand an den Mund und raunte Boy zu: „Es geht gar nicht darum, ob die beiden bauen können. Natürlich können sie bauen." Er blickte Boy gespannt an, und der tat ihm den Gefallen.

„Worum denn?" fragte er.

Der Gemeindevorsteher ließ sich nicht lange bitten: „Etwas Lebendes fehlt."

„Hat etwa der von Holland das abgelehnt? Oder der Deichgraf?" Boy schien in plötzlichem Erschrecken außer sich zu sein, und der Gemeindevorsteher fuhr in die Höhe. Boys sehnige Hand griff nach dem Arm des Gemeindevorstehers, er hatte wieder seinen starren Blick und keuchte: „Schnell, schnell!"

„Was denn?" Der Besucher wurde ganz aufgeregt. Er wollte etwas tun, stand halb auf, wußte dann aber nicht, was, und setzte sich wieder. „Was ist denn?" fragte er und forschte eindringlich in Boys Gesicht, als ob von diesem die Zukunft des Dorfes abhinge.

„Sie können sich nicht retten!" hauchte Boy, von Entset- »

zen überwältigt, und sein Blick weilte beim Dorf Langsbüll. „Schnell!" befahl er dann, und seine Augen gingen hin und her, als ob er etwas verfolge. Dann sank er seufzend in seinen Stuhl zurück und sagte: „Blut bindet Klei. Sag ihnen das! Sie müssen sich beeilen!" Und Boy stieß den Gemeindevorsteher mit Nachdruck von sich; der sprang hoch und stürmte aus der Tür. Der Spökenkieker öffnete vorsichtig die Augen, überzeugte sich durch einen Blick, daß sein Dolmetscher spurte, und klopfte leise an die Holzwand.

Der Gemeindevorsteher rief draußen wichtigtuerisch nach den Männern des Dorfes, und als die Nächstwohnenden erschienen waren, verkündete er ihnen laut, daß Boy soeben ein Gesicht gehabt habe.

Die Männer versammelten sich atemlos auf dem schmalen Raum zwischen den Häusern, die Frauen steckten neugierig die Köpfe aus den Türen, und die Kinder verständigten sich mit Pfiffen und rannten herbei. Selbst die Gänseherde marschierte schnatternd aus dem Fething heraus, und die Kleinsten der Kinder brachten ihre nackten Beine in Sicherheit.

„Der neugebaute Deich wird brechen, wenn nicht sofort ein Deichopfer gebracht wird", wiederholte der Gemeindevorsteher mit überschnappender Stimme kurz und bündig.

Seit dieser frühmorgendlichen Schreckensbotschaft war nun die aufgeregte Stimmung überhaupt noch nicht abgeebbt. Was sollte man tun? Den Deichgrafen zu benachrichtigen hatte selbstverständlich keinen Sinn, denn die Obrigkeit war seit eh und je gegen Deichopfer. Das beste war, man nahm die Sache in die eigene Hand, denn schließlich war man nicht nur durch Boy Spuk indirekt beteiligt, sondern auch direkt, indem einige Demat* Neuland dem Dorf Niegaard gehören würden.

Der Gemeindevorsteher sah die Verlautbarung der Bot-

* Demat: Flächenbezeichnung; ursprünglich soviel Land, wie an einem Tage gemäht werden konnte

schaft als seine Aufgabe an; man stimmte ihm zu, und so ließ er sich schnell sein Pferd durch einen Jungen bringen und krabbelte hinauf. Mit fahrigen, aufgeregten Bewegungen strich er sein Wams zurecht und ritt dann, so schnell er konnte, fort. Sein Gaul stieß und ließ ihn in die Höhe springen, denn er war den Wagen und den Pflug gewohnt, aber keinen Sack voll spitzer Knochen; diese wollten partout nicht in Einklang mit den Bewegungen des Pferdes gebracht werden, sondern führten dort oben ein störrisches Eigenleben. Derart durchgeschüttelt, langte der Gemeindevorsteher mürbe wie ein Rinderbraten an der Deichbaustelle an.

Er kletterte atemlos die steile Rampe hoch und blieb oben stehen, um sich zu orientieren. Nur noch wenige Meter fehlten zwischen dem Deichabschnitt, der von Norden hauptsächlich durch die Langsbüller und demjenigen, der von Süden durch die Broderuper und Niegaarder gebaut wurde. Aber immerhin: Ein Stück war noch offen.

Platz genug für ein Opfer, dachte der Niegaarder Gemeindevorsteher befriedigt und sah sich um nach denjenigen, die er benachrichtigen wollte. Er sah einige Männer aus seinem Dorf und winkte energisch. „Boy hat gesprochen", eröffnete er ihnen feierlich, als sie bei ihm angelangt waren. „Zum Deich etwa?" fragte einer der Männer und grinste erwartungsvoll.

Der Gemeindevorsteher, ein Mann, der entsprechend seinem Amt respektiert werden wollte, reagierte kühl. „Du brauchst dich nicht zu freuen", sagte er. „Im Gegenteil, er hat euch alle untergehen sehen, wie ihr da seid."

Das wirkte. Die Männer mit den braungegerbten Gesichtern erbleichten. Boys Voraussagen trafen immer zu, und wenn einmal nicht, dann nur, weil der Gemeindevorsteher ihn mißverstanden hatte.

„Dann müssen wir weg!" rief einer, der von Geburt an mit immerfort schlackernden Gliedmaßen ausgestattet war und dessen linkes Auge ständig zuckte. Er gab dem Rollwagen neben sich einen Tritt und humpelte auf die Deichkrone.

„Halt!" rief der Deichvorsteher besorgt. „Hör dir erst einmal an, was Boy zu sagen hatte."

„Das reicht mir doch schon“, brummte der Voreilige und mühte sich wieder herunter.

„Es gibt noch einen Ausweg, Männer“, sagte der Vorsteher gewichtig. „Boy gab den Rat, ein Opfer zu bringen. Der Deich würde dann halten. Wenn aber nicht ...“

„Wenn aber nicht“, wiederholten die anderen tonlos.

„Seid ihr alle tot“, schloß der Gemeindevorsteher lakonisch.

Die Männer blickten sich an, dann wandten sie sich zur gelblich durch den Nebel scheinenden Sonne, die im diffusen Licht kaum Umrisse besaß. Sie stand schon weit im Westen über dem Horizont. Nicht lange, und sie würde untergehen.

„Das schaffen wir“, sagte einer hoffnungsvoll.

Die anderen nickten. Die Arbeit war für heute zuende. Ja, es blieb genug Zeit.

Der Niegaarder Gemeindevorsteher wandte sich erleichtert ab und stieg den Deich wieder hinunter. Alles andere war seine Sache nicht.

17. Flucht

Wie ein Lauffeuer ging die Nachricht von Boy Spuks Gesicht über den Deich. Die Männer hörten abrupt mit der Arbeit auf und standen betroffen in Gruppen herum. Da der Deichgraf so kurz vor dem Abend nicht mehr anwesend war, gab es niemanden, der sie daran gehindert hätte.

Bahne befand sich mitten unter den Deicharbeitern. Er sagte nichts, hörte nur zu. An dem, was die Männer vorhatten, hing sein Leben. Sollte es zum Schlimmsten kommen, mußte er noch in derselben Nacht fliehen. Still und aufmerksam ging er von einer Gruppe zur anderen. Trotz allem kam nirgendwo Feindschaft gegen ihn auf. Alle rückten beiseite und hießen ihn sich dazuzusetzen. Das Wort Opfer fiel nicht. Und dennoch spürte er, wie es in der Luft schwirrte, es war körperlich greifbar und schmerzte fast in seinen

Ohren. Aber sobald er kam, wurde davon nicht gesprochen.

Trotzdem waren die Männer fest entschlossen, das wurde Bahne immer klarer.

„Hör mal", sprach Bahne den Niegaarder an, den er nur unter dem Namen Bendix kannte und der einer der Wortführer zu sein schien, „wollt ihr wirklich Ernst machen mit dem Opfer?"

„Natürlich", bestätigte der Mann. In seine Augen kroch Mißtrauen. „Was würdest du denn tun?" fragte er. „Uns alle ersaufen lassen?"

Bahne wurde stumm vor Entsetzen. Hier stand einer vor ihm, der beabsichtigte, sein, Bahnes, Mörder zu werden, und sich nicht scheute, es ihm ins Gesicht zu sagen. Er spürte, wie das Netz sich über ihm zusammenzog, das seine eigenen Leute über ihn geworfen hatten. „Ihr seid wahnsinnig", stammelte er. „Ihr plant einen Mord!"

Bendix musterte Bahne, dann knurrte er verständnislos und wandte sich ab. Der Deichbauer, allmählich außer sich vor Zorn und Angst, griff Bendix' Arm und riß den Mann zu sich herum. „Verstehst du denn nicht!" schrie er. „Ein Mord! Was kümmert sich denn das Wasser um eine Leiche im Klei? Glaubst du, die hält die Wellen auf?"

Der große Mann, dessen Kraft nicht nur in den Armen steckte, sagte mit leiser Stimme: „Laß die Hände von mir, du kleiner Maulwurf! Grab du Deiche und überlaß die wirklich wichtigen Entscheidungen den Kerlen!" Mit dem Spaten über der Schulter, verdreckt bis zu den Hüften, marschierte er davon.

Bahne, der unendlich erbittert war, rannte hinter ihm her, um ihn zu stellen. Unglücklicherweise rutschte er im Matsch aus und riß den Deicharbeiter dabei um. Dieser warf sich mit einem wütenden Aufschrei über Bahne und preßte ihn in die Kleierde. Bahne spuckte, würgte Erde und hustete, während Bendix ihn wie ein Kleinkind herumrollte und sich auf ihn setzte.

„Wie habt ihr es nur die ganze Zeit mit dieser widerlichen kleinen Deichratte ausgehalten?" fragte er einen Langsbüller, der nähergekommen war. „Der stellt mir nach wie der Marder dem Hahn!"

„Hältst du dich vielleicht für den Hahn?" fragte Bahne mit Erde zwischen den Zähnen, aber ungebrochen kampfeswütig. „Bunte Federn und kein Gehirn?" Er lachte laut.

Ein kräftiger Faustschlag zwischen die Augen war die Antwort, und er hatte es auch nicht anders erwartet. Während er die Augen schloß, hörte er den Langsbüller wie aus der Ferne.

„Nein, so schlimm ist er nicht", sagte dieser. „War ein guter Vorgesetzter, und als Arbeiter ist er in Ordnung."

„Dann muß er in den letzten Tagen übergeschnappt sein", stellte der Niegaarder fest, der sich nun selbst beruhigt hatte. Er sprang auf, gab Bahne noch einen derben Tritt in die Seite und blieb abwartend stehen.

Aber Bahnes explosive Wut war seiner angeborenen Vorsicht gewichen. Er rappelte sich langsam auf, mit einem wachsamen Auge auf die Niegaarder Stiefel. Diesem Bären war er unterlegen, es war ganz und gar sinnlos, sich erneut in einen von vornherein ungleichen Kampf zu stürzen.

Der Langsbüller war gekommen, um Bendix etwas mitzuteilen; flüsternd stellten sie sich abseits, ohne Bahne zu beachten. „Es wird Zeit", sagte der Langsbüller.

Was der Langsbüller Deicharbeiter auch immer meinte, er hatte bestimmt recht, denn die Sonne war untergegangen, es dunkelte zusehends, und ein kräftiger Wind war aufgekommen. Am Horizont, dort, wo die schwarzen Silhouetten von Langeneß und Butwehl, vielleicht auch noch von Pellworm oder Hooge zu erkennen waren, zogen dunkle Wolkenwalzen auf, die nichts Gutes verhießen. Die Männer sahen sich an.

„Sturm", murmelte Bahne erschrocken, mit blutigen und erdigen Lippen.

„Ja", sagten die anderen, und ein jäher Ernst erfaßte die Männer, die zu Hunderten auf dem Deich waren. Nur der Deichgraf fehlte, und das war gut so.

Bahne fühlte den kalten Schweiß an seinem Rücken entlangrinnen, die Entscheidung stand kurz bevor, er mußte weg von hier. Langsam, noch während die Männer abwartend über das Meer blickten, als ob sie von dort das Unheil nahen sähen, rückte Bahne vorsichtig Schritt um Schritt nach hinten, rückwärts den Hang hoch, immer näher zur Deichkrone hin.

„Paß doch auf", grunzte einer der Arbeiter verdrossen, als er von Bahne versehentlich getreten wurde. Danach starrte er so aufmerksam in Bahnes Gesicht, daß dieser den Atem vor Schreck anhielt.

Aber nichts folgte: kein Schrei oder ein „Haltet ihn", und Bahne rückte unaufhörlich höher. Auf der Krone angekommen, ließ er sich vorsichtig ins Gras gleiten, so, als ob er sich hinsetzen wolle. Niemand kümmerte sich um ihn, und die Männer schlossen sich zur Beratung wieder in Gruppen zusammen.

Der junge Mann rutschte lautlos auf der anderen Seite zum Deichfuß hinunter, rannte mit großen Schritten zu einem Pferd, das einem der Deicharbeiter gehörte, band es los und führte es davon. Erst nach geraumer Zeit stieg er auf und galoppierte aus dem Stand los. Kein Mensch folgte ihm, niemand hatte seine Flucht bemerkt.

Erst als er schon weit weg war, fiel ihm ein, daß er Claus Clausen den ganzen Tag nicht gesehen hatte. War der ebenfalls geflohen? Etwas anderes kam ihm in den Sinn. Konnte er einen Boten zu seinen Eltern nach Klockries schicken? Aber er wagte weder, sein Leben Fiecken Plausch anzuvertrauen, noch Gotje zu benachrichtigen, und warum hätte sich Gotje auch für seine Flucht interessieren sollen? Mühsam riß er sich von dem Gedanken los, daß nun niemand auf der Welt wissen würde, was mit ihm passiert war. Er war dabei, ins Nichts zu verschwinden ...

Bahne ritt die ganze Nacht. Weit war es zwar eigentlich nicht nach dem königsdänischen Mögeltondern, wo er in Sicherheit sein würde, aber er mußte viele Umwege machen.

Die Dörfer mied er, soweit es nur ging, und ritt auch nicht den bequemen und lockenden Weg über Lindholm und

Klixbüll; hinter Klixbüll begann die große Straße der Westküste, auf der die Ochsen von Jütland nach Heide und Wedel getrieben wurden; dieser ausgetretene Ochsenweg führte in nördliche Richtung über Lügum nach Tondern und war auch bei Nacht begangen. Bei Klixbüll waren die Zollstelle und der Schlagbaum, dieser Weg verbot sich deshalb von selbst.

Bahne nahm also den Umweg durch die Wiedingharde in Kauf, am Bundesgaarder See entlang, wo der Sumpf und die im Herbst und Winter verschlammten Wege den Verkehr behinderten und bei Nacht aus Angst niemand unterwegs war.

Hier war das Reich der Wassergeister, die zwischen Land und offenem Wasser schwebten und tanzten und den Wanderer in die Tiefe locken wollten. Drehte man sich um, um nicht willenlos in den Ufersumpf hineingezogen zu werden, bauschte sich vor einem schon ein neues Gebilde auf, grau und wie eine Wolke, die zu nichts zerrann, wenn man sie anfaßte. Selbst die grinsenden Gesichter waren ohne Substanz, aber ihr Lachen sollte man über den ganzen See hören können, wenn die Nacht windstill war.

Bahne fürchtete sich entsetzlich, aber die anderen auch, und er wußte, das war sein Schutz. Niemand würde ihm hier folgen. Er mußte nur unter Aufbietung seines ganzen Willens versuchen, die Richtung zu halten, ohne auf die lockenden Stimmen zu hören. Der vertraute Deich hatte ihm niemals soviel Angst eingejagt wie dieses unbekannte Gelände, das weder Wasser noch Land war.

Im Morgengrauen hatte er es glücklich hinter sich gebracht. Bei Ruttebüll überquerte er die Wiedau, und als er die Schleuse passiert hatte, atmete er auf. Die wenigen Fischer, die im Dorf hinter ihren Katen ihre Boote zum Reusenlegen fertig machten, blickten erstaunt auf, so früh schon einen Fernreisenden zu sehen. Er hätte es gern vermieden, aber durch Ruttebüll mußte er wegen der Schleuse ja unbedingt durch. Die Wiedau war zu Fuß nicht passierbar, sie war viel zu breit, und der Strom setzte manchmal hart, und die Wirbel waren lebensgefährlich.

Die Straße war nicht sonderlich gut, das entdeckten er

und sein Pferd bald. Kein Wunder, daß die Ruttebüller von Nachbar zu Nachbar lieber mit dem Boot fuhren, denn die Kanäle waren überall breit und tief genug, und jedes Haus hatte seinen eigenen Anlegeplatz.

Bahne wünschte, er hätte sich über die Straße auch so lobend äußern können. Hier war man anscheinend mit einem Boot am besten beraten. Frachten aller Art wurden gesegelt, wie er erkennen konnte: Bausteine, Reet, Rasensoden, Fische ... Ja, die Straße taugte kaum für Wagen.

Die sandige Straße bestand hinter Ruttebüll hauptsächlich aus vielen Löchern nebeneinander. Sie führte ihn an Södam und Kjärgaard vorbei, und ihr einziger Vorteil war, daß ihn hier niemand suchen würde; er konnte gemächlich reiten.

Das Land war noch so flach und eben wie zuhause, und trotzdem konnte er zu seiner Rechten nichts erkennen, denn dort verlief in Windungen der Deich, der die Marsch vor der Wiedau schützte. Mal fern, mal nah schlängelte sich der Weg an ihm entlang, ganz unmerklich in Richtung auf die Geest ansteigend. Als sich der herbstliche Dunst allmählich verzog, konnte er von weitem schon die Türme von Schackenborg Schloß aus einem Wäldchen ragen sehen. Und ganz plötzlich lag Mögeltondern, ausgebreitet wie ein Spielzeugdörfchen, vor ihm. Bahne nahm die Zügel an, und sein Pferd blieb gehorsam stehen. Sinnend betrachtete er den Ort, der ihm Zuflucht bieten sollte.

Wegen der Zollstelle zwischen dem königlich dänischen und dem herzoglichen Land konnte er nicht offen bei Tage einreiten, aber er würde sich solange in dem Wäldchen verbergen und nachts die Grenze überqueren. Das sollte so schwierig nicht sein, es gab Schmuggler genug, die es erwerbsmäßig taten. Bahne war erleichtert, in Sicherheit zu sein, aber ihm war auch klar, daß er in einer einzigen Minute seinem Leben eine einschneidende Wende gegeben hatte. Obwohl man hier Dänisch und Plattdeutsch sprach wie überall in der Gegend, war er nun in einem anderen Land.

18.
Das Opfer

Die Deicharbeiter, die abends nicht nach Hause gegangen waren, hatten sich entschlossen, in derselben Nacht noch zu tun, was getan werden mußte, und danach den Deich zu schließen.

Über das Opfer hatte nie Uneinigkeit bestanden. Jeder wußte, daß Claus Clausen Sturm den Deich durchstochen hatte. Auch in einem schlafenden friesischen Dorf gibt es Augen, die verfolgen, was niemand sehen soll, und so war der Verdacht bald auf Claus Clausen gefallen ... Daß er sein Leben verwirkt hatte, stand deshalb fest. Und ihr gutes Recht war es, dieses schuldig gewordene Leben nach eigenem Ermessen zum Tode zu befördern.

Zuerst überlegten sie, wie das Opfer eingefangen werden konnte, denn der Mann war mittlerweile auf der Flucht. Bendix aus Niegaard organisierte kraft seiner lauten Stimme und der Tatsache, daß er keinen Widerspruch duldete, die Suchtrupps.

Die Männer zogen los; die Reiter unter ihnen in die entlegenen Dörfer Lügum und Achtrup, wo Clausen Verwandte hatte, die ihn verbergen würden, wenn er sich an sie wandte.

Kurz vor dem Morgengrauen erschienen die Arbeiter, die in den näher gelegenen Dörfern gewesen waren, wieder auf dem Deich. Vergeblich hatten sie die ganze Nacht gesucht, und sie waren bedrückt und ratlos.

Viel später kamen die Reiter. Claus Clausen Sturm saß fest verschnürt auf dem letzten Pferd. Den Müller von Lügum hätten sie gezwungen, Auskunft zu geben, erzählte einer der wortkargen Reiter widerwillig. In der Abnahme der Mühle, einem baufälligen, unbewohnten Häuschen, in dem Gespenster umgehen sollten, hätte Clausen gesessen. Aber das einzige Gespenst sei Clausen selber gewesen, bleich und hohlwangig. Und so stumm, wie er sich hatte mitnehmen lassen, war er immer noch.

Da mittlerweile der Morgen einen hellen Schimmer über die Geest legte, war es zu spät, den Deich über dem Opfer zu schließen. Sie fesselten deshalb Claus Clausen Sturm und knebelten ihn und verbargen ihn in Bahnes Hütte hinter Reisig.

Wortlos gingen die Männer an die Arbeit, und sie verzögerten sie nach Kräften, obwohl keine Absprachen getroffen wurden, ja überhaupt kaum geredet wurde. Erst der Deichgraf, der am späten Morgen angeritten kam und sofort geschäftig den Deichabhang emporeilte, unterbrach ihr sinnloses Tun.

„Wo ist Bahne?“ fragte er ohne Umschweife. „Ich muß mit ihm sprechen.“

Umständlich wurde überall nach Bahne gesucht, bis jemandem nach geraumer Zeit einfiel, daß er schon gestern abend nicht mehr am Deich gewesen war. Der Deichgraf lächelte befriedigt, als auch andere dies bestätigten. Dann schützte er Geschäfte vor und zog sich wieder zurück. Bei dem, was folgen sollte, war er nicht erwünscht, das war ihm so klar wie den Deicharbeitern.

Am Abend war nur noch eine schmale Öffnung zwischen den Deichabschnitten übrig. Der Verurteilte wurde geholt, um den letzten Vorbereitungen zuzusehen. Er war bleich wie der Tod, den er erwartete, und Schweißperlen liefen an seinem Gesicht entlang. Immer noch sagte er kein Wort und starrte nur in den Spalt, der sein Grab werden sollte.

Der starke Bendix prüfte den Pfahl, der in der Mitte der Deichlücke eingerammt worden war. Er war fest und lang und ließ sich nicht aus seiner Verankerung hebeln, denn um ihn zu befestigen, hatten sie sogar eine der Handrammen herangeschafft. Einer nach dem anderen kamen die Männer herbei und stellten sich an den rutschenden seitlichen Rändern auf. Eine Hinrichtung braucht Zuschauer, sonst ist sie keine, sondern Mord. Auch Bendix wußte um die Wichtigkeit dieser Dinge und hatte sie mit den Männern besprochen.

Außer dem Wind und dem Schaben der Schaufeln war kaum ein Laut zu hören. Der Wind war scharf und kalt und wirbelte trockenen Tang und kleine Hölzer vor sich her. Zuweilen flaute das Brausen zum Säuseln ab, und dann übertönte der keuchende Atem von Claus Clausen alles andere, und die Arbeiter zogen ihre Ohren zwischen die Kragenaufschläge.

Endlich winkte Bendix einem Mann zu, der Clausen an den Fuß des Deiches führte. Er nahm seine Mütze ab und stellte die Schaufel weg. Die Männer taten es ihm gleich; einige senkten die Köpfe und fingen an zu beten, während Bendix Clausen aufrecht an den Pfahl band. Clausen wehrte sich nicht. Sein Schicksal war unabwendbar, ein besonderes und ein friesisches ...

Clausen stand mit dem Gesicht zum Meer und spürte den letzten Wind seines Lebens. Der Geruch von Salzwasser, von Tang und toten Muscheln kam ihm in die Nase, und er atmete tief ein. Seine Nasenflügel blähten sich, während er sich umsah.

Dann war der Moment der Untätigkeit, des letzten Verharrens vorbei. Wirbelnde Geschäftigkeit begann. Die Männer schleppten Kleierde auf Böhren heran, die Ochsen wurden mit erbitterten Peitschenhieben gezwungen, übermäßig große Erdladungen zu ziehen. Von den oberen Abhängen wurde geschüttet, Säcke wurden abgeworfen. Andere Männer stampften die Erde fest. Die Rammen zum Glätten und Verfestigen dröhnten dumpf.

Höher und höher stieg der Erdwall um Claus Sturm, aber dieser blickte nicht unter sich.

Wie auf ein Zeichen hin hörten die Arbeiten endlich auf; die Arbeiter versammelten sich hinter Bendix, der eine Schaufel Erde auf den Verurteilten warf. Dann trat er von seinem Platz zurück und überließ ihn dem nächsten. Hinter ihnen reihte sich Mann um Mann ein, und Schaufeln voller Erde trafen Claus Sturm, nur unterbrochen von den Pausen, in denen gestampft wurde. Als die Erdmasse Clausens Brust erreichte, wurde seine Atmung schneller und sein Gesicht bleich.

Zum Schluß war von Claus Clausen, genannt Claus Sturm, nichts mehr zu sehen als eine brandrote Locke, die naß neben dem braunschwarzen Pfahl lag. Mit einem Fluch warf Bendix noch eine Schaufel klebriger Erde obendrauf. Die Pechfackeln warfen gespenstische Lichtblitze auf sein verschwitztes, abgespanntes Gesicht.

Kaum hatten sie den Abhang notdürftig geglättet, frischte der Wind auf. Binnen Minuten wurde er so stark, daß die Männer sich auch nicht hätten verständigen können, wenn ihnen danach zumute gewesen wäre. Mit finsterer Miene hob Bendix den Kopf gegen den Wind und witterte. Er nickte.

„Der Sturm ist da“, rief er dem Nächststehenden zu.

„Ja, es ist wie ein Gottesurteil“, bestätigte dieser leise, und der Wind wehte ihm die Worte von den Lippen.

Gegen Morgen waren sie fertig. Die Rollwagen wurden zusammengefahren, die Ochsen abgeschirrt. Der alte Boy Spuk, der von Anfang bis Ende dabei gewesen war, stieg ächzend auf die Deichkrone. Dort sah er eine Weile in das Licht der fahlen Sonne, die irgendwo bei Langenhorn über die Geest kroch, und drehte sich dann zum Meer um. Der Deich war fertig, das Meer hatte sein Opfer. Triumphierend blickte er über die Wellen mit den weißen Gischtkämmen.

19. Der Zuträger

Der Deichgraf hatte am nächsten Morgen die Grütze schon längst aufgegessen und dabei behaglich den Buttersee gelöffelt; nun ging es auf Mittag zu, und er hatte seinen Platz immer noch nicht geräumt. Gotje hätte schwören mögen, daß er seinen Aufbruch absichtlich verzögerte.

Was Güde Maria dachte, sagte sie nicht, sie war längst in der Küche. Hier stand sie am Herd, fachte das Feuer an, das bereits gut brannte, hängte den Kesselhaken um, ohne ihn am neuen Platz zu benötigen, und rückte dieses und jenes hin und her. Schließlich öffnete sie sogar die Stopfklappe zum Bileggerofen und lauschte hinein; aber nichts drang hindurch, denn der Deichgraf sprach nicht, weder mit sich selbst noch mit jemandem anderen. Das machte ihr Angst.

Martin Lämmerschwanz war derjenige, der die Spannung unterbrach, die spürbar von der Stube ausging. Wie immer öffnete er zögernd die Außentür, diesmal zur Küche, und spähte hinein. Die Hausfrau unterbrach das Feuerschüren und sah ihn ruhig an.

Martin schlüpfte mit seiner ganzen schlaksigen Figur in die Küche, bevor er mit seinem breiten Daumen auf die Stubentür deutete und fragte: „Ist er da?"

Güde Maria nickte nur. Diesen Schleicher hatte sie schon seit ihren Kindertagen nicht leiden mögen, und so war es geblieben.

„Säuft er?"

Sie schüttelte unwillig den Kopf.

„Schlechte Laune?"

„Wenn du ihn sprechen willst, so geh", forderte Güde den penetranten Besucher barsch auf. „Was geht dich seine Laune an?"

Dergleichen prallte an Martin ab, er lächelte der Frau herzlich zu und schlich zur Stubentür, an die er seine große, rötliche Ohrmuschel preßte. Nachdem er eine Weile gesichert hatte, verschwand er leise im Zimmer des Hausherrn.

„Moin", grüßte drinnen Martin Lämmerschwanz den Deichgrafen mit so lauter Stimme, daß dieser aus seinen Grübeleien aufschrak. „Was machst du hier?" polterte Eckermann.

„Oh, ich wollte Euch Neuigkeiten bringen, die Euch erfreuen werden", schmeichelte Martin.

„Welche?"

„Der Deich, Euer Werk, ist vollendet. Noch Jahrhunderte wird man vom Deich des Deichgrafen Peter Eckermann sprechen."

Der Deichgraf hörte unbewegt zu. Die Schmeichelei

prallte an ihm ab. Ihn interessierte etwas anderes. „Wann?" fragte er. „Wann hat man ihn geschlossen?"

„Heute nacht. Seit dem Morgengrauen ist er zu. Alles wurde zu Eurer Zufriedenheit erledigt."

Eckermann beobachtete den Kätner lauernd. „Alles?"

„Alles", bestätigte Martin Lämmerschwanz und lachte hinterhältig.

„So, so", brummte der Deichgraf abwesend. Dann war es also geschehen. Nur außergewöhnliche Umstände brachten die Leute nachts auf den Deich. „Güde Maria!" brüllte er. „Bring Schnaps!"

Statt Güde kam Gotje, und sie stellte einen ganzen Krug mit zwei Bechern vor ihren Vater.

„So setz dich doch endlich", knurrte Eckermann den Kätner an, der wie ein Lämmerschwanz nie zur Ruhe kam.

Auch jetzt traute er dem Frieden nicht und schob sein Hinterteil vorsichtig auf den Stuhl, bereit, sofort aufzuspringen, wenn die deichgräfliche Laune plötzlich umschlagen sollte. Dann streckte er die Hand aus und nahm den Becher in Empfang. Noch nie hatte er die Ehre gehabt, mit dem Deichgrafen zu trinken. Gierig schüttete er den Schnaps in sich hinein und stellte den Becher mit Schwung wieder neben den Krug.

Eckermann goß nach, diesmal sparsamer. Er gab sich mürrisch, denn der Kätner mußte nicht wissen, wie erleichtert er war, seinen ehemaligen Gehilfen tot zu wissen. „Skaal", sagte er trotzdem, und es war ihm gleichgültig, daß Dänisch hier nicht gern gehört wurde. Aber in all den Jahren war er kein Friese geworden, und man konnte es ja auch nicht werden, nur sein.

„Das Opfer war uns entlaufen", erzählte Martin mitteilungsbedürftig und breit grinsend. Er warf sich in die Brust, obwohl sein Anteil an der Sache außerordentlich gering gewesen war. Taten waren seine Sache nicht.

„Was für ein Opfer?" erkundigte sich Eckermann betont gleichgültig und sammelte mit penibler Sorgfalt ein Schmutzteilchen aus dem Becher.

„Das Deichopfer, natürlich", erklärte Martin.

Eckermann hob den Kopf und blickte den Mann mit hochgezogenen Augenbrauen verständnislos an. Martin Lämmerschwanz wurde heiß und kalt. „Das Opfer, damit der Deich hält. Ihr wißt doch“, haspelte er und forderte zu kumpelhafter Kameradschaft auf, während er immer noch an einen Irrtum glaubte.

„Nichts weiß ich!“ leugnete Eckermann scharf. „Berichte, was du meinst.“

Martin zitterte, aber es half ihm alles nichts. Warum mußte ausgerechnet er Unglückswurm wieder in eine solche Situation geraten? Dabei hatte er doch gedacht, eine Belohnung würde ihm für die Nachricht sicher sein. Mit dürren Worten berichtete er stockend, und den Namen des Mannes erwähnte er gar nicht. „Ihr habt doch selbst erklärt“, rechtfertigte er sich zum Schluß, „daß der Deich ein lebendes Opfer verlangt.“

„Ich soll euch das erklärt haben?“ schrie der Deichgraf wutentbrannt. „Wer mir das nachsagt, den lasse ich vor Gericht stellen!“

Martin Lämmerschwanz nickte unterwürfig und preßte die Lippen zusammen. Er wußte noch genau, wie Eckermann vom Opfer gesprochen hatte. „Ihr habt es aber gesagt“, sprudelte es dann aus ihm heraus. Am Ende würde er noch der Schuldige sein, wenn er sich nicht wehrte.

„Du Lügner!“ Der Deichgraf langte über den Tisch. Martin empfing eine schallende Ohrfeige, wie er sie seit seinen Jugendtagen nicht mehr bekommen hatte. „Erinnerst du dich jetzt besser?“ fragte Eckermann mit schneidender Stimme.

„Ja.“ Martin Lämmerschwanz war jetzt so eingeschüchtert, daß er alles zugab.

„Mach, daß du fortkommst! Wenn ich auch nur ein einziges Mal dieses Gerücht höre, lasse ich dich einsperren, hast du verstanden?“

Martin stand an der Tür und wünschte, er könnte hinaus, aber der drohende Blick des Deichgrafen bannte ihn.

„Wegen Verleumdung ins Tonderaner Schloßgefängnis eingeliefert zu werden, ist keine Kleinigkeit, weißt du? Man hat selten erlebt, daß einer wieder herauskam. Es sei denn, in Ketten. Hörst du nicht, wie sie klirren?" fragte Eckermann lauernd.

Martin nickte und drückte sich an die Tür.

Der Deichgraf erhob sich und schritt auf knarrenden Dielen langsam auf Martin Lämmerschwanz zu, der wie eine Schattenfigur an der Tür klebte. Mit schweißgebadetem Gesicht starrte Martin Eckermann an.

„Du bist verantwortlich, daß das lügnerische Gerücht sich nicht ausbreitet", wiederholte der Deichgraf und richtete seinen dicken beringten Zeigefinger gegen Martin.

„Ja, ja", rief dieser gequält und öffnete die Tür, aber immer noch nicht war er entlassen.

„Am besten, du reitest durch die Dörfer der Interessenten und teilst ihnen mit, was ich gesagt habe. Auf keinen Fall darf meine Rede über die Opferbereitschaft der Baumannschaft falsch verstanden werden. Ich habe nicht von einem Opfer im Deich, sondern für den Deich gesprochen. Und nun geh!"

Martin Lämmerschwanz taumelte gänzlich verwirrt zur Stube hinaus. Wie von Furien gejagt, hetzte er aus dem Haubarg. Ein Opfer im oder für den Deich? Gab es da einen Unterschied? Er wiederholte diese Worte endlos, um sie auf keinen Fall zu vergessen, während er ins Dorf eilte. Mochten andere herauslesen, was sie wollten, er jedenfalls verstand sie nicht.

Danach tat Martin, der Hasenfuß, was der Deichgraf ihm befohlen hatte, und ging von Haus zu Haus, wo er jeden Mann um ein Gespräch bat und sich die Botschaft wiederholen ließ. Verblüffung und Ratlosigkeit breiteten sich aus.

Gegen Abend lieh er sich ein Pferd und machte sich auf den Weg zu den Dörfern Niegaard und Broderup. Er wagte nicht, diesen Gang auf den nächsten Tag aufzuschieben, obwohl er schreckliche Angst vor dem Weg am versumpften, verschlickenden Koog hatte. Aber seine Angst vor dem Deichgrafen war größer.

Mit verkrampften Gliedern bestieg er das Pferd und

konnte nicht verhindern, daß dieses, selbst voll Angst, am neuen Deich entlangjagte. Er war auch nicht geübt genug, um es durchzuparieren. Es wurde immer schneller. „Der Todesvogel ruft mich", klagte Martin gequält und versuchte, die Ohren mit dem Rockkragen zu bedecken.

Ein Greifvogel, der auf einem Stein gesessen hatte, breitete seine Schwingen aus und stieg langsam in die Höhe. „Zu Hilfe!" schrie Martin Lämmerschwanz; als er erkannte, daß der Todesvogel ihn jetzt holen wollte, riß er schützend die Hände vor das Gesicht und verlor das Gleichgewicht. Er wurde aus dem Sattel geschleudert, während das Pferd durchging.

Erst im Morgengrauen wankte Martin in die Dorfmark von Niegaard hinein, wo man ihn erschrocken in Empfang nahm. Die Wassergeister hatten seine Kleidung zerrissen und ihm einen Schuh gestohlen. Er konnte von Glück sagen, daß er lebend davongekommen war.

Martin Lämmerschwanz selbst äußerte sich nicht zu dem, was ihm passiert war. Er äußerte sich in seinem Leben überhaupt nicht mehr, wiewohl er scheinbar unversehrt war.

20.
RÜCKKEHR

BAHNE WAR glücklich nach Mögeltondern hineingekommen, aber er wußte nicht, ob er dafür dankbar sein sollte oder nicht. Allerdings: Zu dieser Stunde wäre er vielleicht schon von festgebackenem, feuchtem Sand umgeben und so kalt wie dieser. Er seufzte. Er hatte es schon gemerkt, daß es nicht angenehm war, ein Flüchtling zu sein, wenn auch wesentlich besser als eine Leiche.

Gedankenvoll schlenderte er die gepflasterte Hauptstraße der Stadt entlang. Der Reichtum des Grafen von Schackenborg war nicht zu übersehen, und anscheinend fiel eine Menge davon für seine Bediensteten ab. Kein einziges Strohdach war zerzaust, die Fensterscheiben blitzten überall, und in den Schlippen zwischen den Häusern hingen ordnungsgemäß die Leiter und zwei Ledereimer. Hier müßte man wohnen, dachte Bahne.

Gelassen und allmählich etwas neugierig geworden, schob Bahne sich durch die Leute, die es meist eilig hatten: livrierte Diener, gewichtige Zollbeamte, abgerissene Höker mit der Kiepe auf dem Rücken. Alles schien sich hier um das Schloß zu drehen: Hochbeladen schwankten die Karren hin, leer kamen sie zurückgerattert. Auch der Pastor der Stadt kam ihm entgegen. Der gefältelte Radkragen zeigte ihm sofort, daß hier im Königsdänischen eine andere Kirchenordnung als zu Hause galt.

Bahne war längst auf seine Zahlungskraft abgeschätzt worden, aber das wußte er nicht. Taschendiebe hatten ihn im Gedränge abgeklopft und sich über ihn gewundert: gute Kleidung, aber schmutzig, weitgereist und doch ohne Geld.

Hinter der Kirche bog er mit anderen nach links ab, wo die Straße hinunter in die Marsch führte und wo die Bauerngehöfte lagen. Sie gehörten nicht zum Schloß: Von Deputatreet konnte hier keine Rede mehr sein, denn die Löcher waren so groß wie in den heimatlichen Dächern kurz vor Beginn der Reeternte.

Sehnsucht kam in Bahne hoch; er schnupperte in die Luft, er roch Wind und Regen. Die Kirchtürme von Tondern und Aventoft konnte er in der Ferne erkennen. Bald würden sie in den Wolken verschwinden, die schon breitgefächert über dem Bundesgaarder See heranzogen. Mit Unbehagen blickte er auf die Geest im Norden. Trotz des Glanzes der Stadt fühlte er sich hier nicht wohl. Plötzlich wußte er, daß er sein Marschdorf nicht gegen eine Stadt auf der Geest eintauschen würde. Er wollte nach Hause.

Bei Einbruch der Dunkelheit war Bahne wieder unterwegs. Sein Pferd hatte sich gut erholt, es hatte den ganzen Tag gegräst. Ein alter Mann hatte ihm den Weg beschrieben. Schnell durchritt er kleine, traurige Dörfer, Kahlebüll, Krakebüll und Uphusum, und hielt sich dann mehr nach Osten, um die Zollstelle in Klixbüll zu umgehen. Von dort war es nur noch ein Katzensprung zu seinem Heimatdorf Klockries.

Das Haus seiner Eltern stand am Südrand des Dorfes, wo schon das fruchtbare Land des Kornkooges begann. Leise führte er sein Pferd in den Stall, wo Ochsen und Pferde unruhig aufstanden, die Witterung eines fremden Tieres und eines unbekannten Mannes in den Nasen. Bahne fand einen freien Platz zwischen zwei wuchtigen Ständern mit ihren gebogenen Kopfbalken. Im nächsten Stand schnaubte seines Vaters Arbeitspferd leise, prustete Bahne in die Haare und suchte mit weichen Lippen in seinem Gesicht.

„Ja, es ist schon gut", flüsterte Bahne gerührt und klopfte dem Fuchs auf den Hals. „Du erkennst mich noch, mal sehen, ob das die anderen auch tun." Ihm war ganz beklommen zu Mute, er wußte weder, ob er als Deichverbrecher gesucht wurde, noch, ob bekannt war, daß er geflohen war.

„Meinen eigenen Sohn würde ich nie vom Hof jagen", sagte in diesem Moment Bahnes Vater, Andreas Ingwersen.

„Vater", rief Bahne und lief seinem Vater in die Arme.

Andreas Ingwersen schob seinen Zweitältesten von sich, ohne ihn loszulassen, und betrachtete ihn forschend. „Bist du nun ein gesuchter Verbrecher geworden?"

„Nein, Vater, ich bin fälschlich beschuldigt worden", widersprach Bahne. „Böswillig oder im guten Glauben, das weiß ich selber nicht. Was man mir vorwirft, habe ich nicht getan."

„Gut", nickte der Vater und ging vor Bahne den Stallgang entlang, über die Diele und dann in die Stube.

Dort war Bahnes Mutter aufgeregt dabei, ihre Zöpfe unter die Haube zu stopfen und sich präsentabel zu machen. Mit Freudentränen in den Augen, begrüßte sie Bahne, und auch sein älterer Bruder, Ingwer Andresen, kam herbei und klopfte ihm auf die Schulter.

Die Mutter bekam das Feuer wieder in Gang, Ingwer sorgte für Bier aus dem Vorrat. Sie setzten sich um den Küchentisch, und Bahne erzählte, was ihm passiert war. Erstmals seit Tagen mußte er sich nicht verteidigen und stand auch nicht unter Anklage, sondern konnte sich des Mitgefühls der anderen sicher sein.

Seine Eltern blieben stumm vor Entsetzen, als sie erfuhren, daß Bahne beinahe von seinen eigenen Arbeitern geopfert worden wäre, während Ingwer sofort Rachegedanken brütete: „Dem Deichgrafen wünsch' ich die Hölle!" sagte er giftig. „Da ist es wenigstens genauso heiß wie im Feuer, das er dir zugedacht hatte."

„Versündige dich nicht", mahnte seine Mutter milde.

Beide Brüder brachen in Lachen aus, denn die Mutter sah selber wie ein Racheengel aus. Der Vater aber, besonnen wie er war, brachte sie zur Ruhe, indem er die berechtigte Frage stellte, was Bahne jetzt machen wolle.

„Ich gehe zu den Deichrichtern." Bahne hatte sich schon längst für die einzige und beste Möglichkeit entschieden, die ihm jetzt noch blieb. „Die müssen doch Verstand genug haben, um mich wenigstens ausreden zu lassen."

Der Vater schüttelte zweifelnd den Kopf. „Der Deichgraf hat viel Macht und noch mehr Einfluß", wandte er ein. „Geh zu Detlef Johannsen in Lindholm", empfahl er seinem Sohn, „den kenne ich immerhin gut."

Nun war es an Bahne, seine Zweifel zu äußern, denn gerade dieser Deichrichter schien nur zu gerne mit Eckermann den Kopf zusammenzustecken. Sie diskutierten eine Weile, und zum Schluß entschloß sich Bahne, dem Ratschlag seines Vaters zu folgen. Einer war so gut wie der andere, was Willfährigkeit betraf, und dann konnte er sich genausogut an einen wenden, der die Familie kannte.

Über der Diskussion war die Nacht fast vergangen, und sie legten sich in die Betten, um noch eine Mütze voll Schlaf zu nehmen, bevor die Aufregungen des kommenden Tages sie in Atem halten würden.

21. Beim Deichrichter

Bahne war gelassen genug, um sich am nächsten Morgen erst einmal den Dreck seines Asyls und der Flucht abzuschrubben. In eine große Balje, in der sie als Kinder beim Baden gesessen hatten, kam ordentlich heißes Wasser, und dann wusch er sich gründlich von Kopf bis Fuß. Die Mutter kam immer wieder in die Küche, forschte nach, ob Bahne noch nicht fertig war, brachte dieses und jenes und hatte Angst, daß ihn jemand suchen würde, bevor er noch dem Deichrichter seine Unschuld bewiesen hätte.

Bahne hatte nicht das Herz, ihr klar zu machen, daß von Beweisen keine Rede sein konnte, der Richter konnte ihm nur glauben ... oder auch nicht. Um so wichtiger war es deshalb, daß er nicht wie ein abgerissener Flüchtling wirkte, sondern wie eine respektable Person, die sich verborgen gehalten hatte, um nicht zum Opfer eines Justizirrtums zu werden, aber jederzeit bereit war, auf neutralem Boden zu diskutieren.

Auch Bahnes Bruder Ingwer machte sich fertig. Bahne versuchte vergeblich, es ihm auszureden. „Ich muß das alleine ausfechten“, sagte er schließlich ungeduldig. „Stell dir vor, ich würde dir mein Leben verdanken!“

„Na, und?“ fragte seine Mutter. „Hauptsache, du bleibst am Leben“, stellte sie mit der ihr eigenen Nüchternheit und Sachlichkeit fest, die sie alle immer wieder in Erstaunen versetzte.

„Mutter hat recht“, bekräftigte Ingwer, der sehr nach seiner Mutter schlug.

Bahne, dessen Sinn für Humor an diesem Morgen außergewöhnlich reduziert war, schüttelte nur verdrießlich den Kopf und bat darum, in Ruhe gelassen zu werden.

„Ich muß mir den Gesprächsanfang zurechtlegen“, erklärte er.

„Das stimmt“, sagte die Mutter und jagte nun kurzerhand alle anderen aus der Stube.

Bahne ritt nachdenklich fort, winkte flüchtig zurück und bemerkte nicht einmal, daß die besorgte Familie geschlossen am Hecktor stand. Kurze Zeit nach Bahne brach auch Ingwer zu Pferd auf, um seinen Bruder im Auge zu behalten. Aber er achtete sorgfältig darauf, von ihm nicht gesehen zu werden.

Kurz vor Mittag erreichte Bahne das Haus des Deichrichters Detlef Johannsen, das auf einer kleinen Warft stand, den Giebel mit einem prächtigen Fries zur Straße gewendet.

Die Tür wurde aufgerissen, und der Deichrichter erschien im Eingang. „Kommt endlich herein", sagte er knapp und ging vor Bahne in die Stube. „Ihr werdet gesucht", stellte er sachlich fest. „Ihr habt ein Verbrechen begangen, habt Euch unter Gewaltanwendung Eurer Festnahme widersetzt und Euch dann aus dem Staube gemacht. Von meiner Person will ich gar nicht reden", knurrte er und rieb sich die Stelle seines Leibes, die den Stoß abbekommen hatte. „Es ist üblich, daß ein Verbrecher bestraft wird."

„Ja, das ist auch richtig so", stimmte Bahne äußerlich kühl, aber innerlich bebend zu. „Nicht richtig ist, daß der Falsche bestraft wird, und ich sehe es als mein gutes Recht an, mein Leben in Sicherheit zu bringen. Es ist schließlich das einzige, das ich habe."

Aber der Deichrichter war nicht der Mann, auf Bahnes Selbstironie einzugehen. „Seid Ihr wirklich der Falsche, oder tut Ihr nur so?" sinnierte er.

„Ich bin zu Unrecht beschuldigt worden", erklärte Bahne mit fester Stimme. „Und ich bin freiwillig gekommen. Aus Mögeltondern. Wenn ich nicht gewollt hätte, hättet Ihr mich nie bekommen."

„Ja, das ist nicht von der Hand zu weisen. Auf das Königreich hat der Amtmann keinen Zugriff", gab Johannsen widerwillig zu.

„Ich werde Euch helfen, nach dem Täter zu suchen", bot Bahne an und hoffte, daß er dies nie tun müßte. „Und noch etwas: Ich bin auch gekommen, um Euch zu warnen."

Das machte den Deichrichter sehr neugierig. „Ja?"

„Boy Spuk hat wieder ein Gerücht ausgestreut", sagte Bahne und wurde sofort von seinem selbstgefälligen Gesprächspartner abgewinkt.

„Hörte ich, hörte ich, wenn ich es auch nicht so respektlos als Gerücht bezeichnen würde."

Bahne schluckte. Er würde es wohl mit sämtlichen Dummköpfen der Bökingharde aufnehmen müssen. Er war überzeugt, daß die Gesichte des Alten Schwindel waren. Dann schilderte er Johannsen, was Boy gesagt hatte.

Der Deichrichter blickte gänzlich verständnislos. „Ja und?" fragte er. „Ihr seid das Opfer ja nicht geworden. Was beschwert Ihr Euch also? Überhaupt beweist dies natürlich, daß die Deicharbeiter an Eure Schuld glaubten."

Bahne schwieg unglücklich. Genau diese Schlußfolgerung hatte er gefürchtet. „Die Prophezeiung hat ihre Gültigkeit ja nicht verloren", sagte er dann gequält. „Wen auch immer sie nun vergraben: Es ist Mord!"

Verärgerung lag im Blick des Deichrichters. Er hatte nicht vorgehabt, diese Geschichte zur Kenntnis zu nehmen, die durch die ganze Harde gegangen war. Und jetzt erzwang dieser penetrante junge Mann sogar, daß er dazu Stellung nahm. „Kann sein", gab er zu, „aber dann ist es zu spät. Der Deich ist zu."

„Zu?" fragte Bahne fassungslos. „In der kurzen Zeit? Dann müssen sie nachts gearbeitet haben, und was das bedeutet, wißt Ihr so gut wie ich!"

„Kann schon sein", antwortete Johannsen lakonisch.

„Kann schon sein? Dann müßt Ihr das doch prüfen", folgerte Bahne verwirrt.

„Nun gut", meinte der Deichrichter nachgiebig. Es schien ihm günstiger, sich jetzt nicht mehr gegen eine Nachprüfung zu stemmen. Womöglich wurde Andresen rehabilitiert. Und der Deich hatte sein Opfer; das war auch für ihn wichtig. Im neuen Koog besaß auch er Land. Er stand auf und schritt zur Tür. Jäh wandte er sich um und befahl: „Ihr bleibt bei mir. Ihr seid mein Gefangener."

Bahne ergab sich gleichmütig in sein Schicksal. So ähnlich hatte er sich den Verlauf des Gespräches bereits gedacht. Und er grübelte nach, warum der Deichrichter einem möglichen Mord so gleichgültig entgegensah.

22. Das Deichbier

Ziemlich säuerlich hatte der Deichgraf gelächelt, als die Deicharbeiter nun den ihnen versprochenen Lohn einforderten: das Deichfest. Es würde ihn teuer zu stehen kommen, dessen war er sich sicher, aber er wußte kein Loch, durch das er hätte schlüpfen können. Der Deich war fertig, und das Deichopfer sicherte ihn.

Eckermann verweilte einen Moment bei seiner zündenden Rede, und wohlgefällig sonnte er sich im Bewußtsein, daß es nur der geschickt gesetzten Worte bedurft hatte, seinen größten Feind auszuschalten. Ja, wer die Fähigkeit besaß, Worte in Taten umzuwandeln, und außerdem Geld hatte, der besaß Macht, und wenn er sie richtig nutzte, lag ihm die Welt zu Füßen. Mit einem Seufzer kam der Deichgraf wieder aus seinen Wunschträumen zurück. So weit war er noch nicht.

Als die Abordnung der Deicharbeiter kam, der bullige Bendix aus Niegaard und der schmächtige Kicke Orr aus Langsbüll, der Kleine zum Reden, der Große zur tatkräftigen Unterstützung, brummte der Deichgraf nur, ablehnend oder zustimmend, das wurde nicht klar, aber er widersprach auch nicht direkt. Endlich bekam der ungewöhnlich maulfaule Eckermann den Mund auf und sagte widerwillig: „In drei Tagen also."

Das hatte aber den anderen, die draußen warteten, zu lange gedauert, und so drängten noch mehr von ihnen durch die Stubentür. Der Deichgraf sah ungehalten auf, als die Arbeiter Kicke vernehmlich fragten, was der Deichgraf denn versprochen habe. Das hatten sie noch gar nicht ausgemacht, erklärten Kicke und Bendix, und so begannen die Verhandlungen nochmals.

„Sechs Fässer Bier", verlangten sie.

„Das ist zuviel", schrie der geizige Deichgraf, der im Kopf schnell die Kosten zusammenrechnete.

Nun gut, sie einigten sich auf vier Fässer Bier und sechs Seiten Speck, die der Deichgraf beizubringen hatte, für alles andere wollten sie selbst sorgen.

Eckermann ließ sich seine stille Wut nicht anmerken, denn so wie Knechte und Mägde sich mit Gewalt erstritten, was sie für ihre Feiern benötigten, waren auch Deicharbeiter nicht zimperlich, wenn es um ihre Feste ging.

Endlich zogen die Männer murrend ab, und Eckermann war froh, daß er sie los war.

Die Frauen in den drei Dörfern hatten schon längst mit ihren Vorbereitungen begonnen, denn daß gefeiert werden sollte, mit oder ohne Deichgraf, stand fest. Eine bessere Gelegenheit würde sich nie mehr ergeben; ein Deichbau war seltener als eine Hochzeit.

Der Deichgraf kümmerte sich um nichts, aber Gotje nahm seinen Part in die Hand. Sie schickte Kicke Orr herum.

Wie ein Hochzeitsbitter zog er mit einem geschmückten Handstock von Haus zu Haus und lud im Namen des Deichgrafen ein: „Ich soll grüßen von Peter Eckermann, ob ihr so gut sein wollt, zum Deichfest zu kommen. Messer und Löffel müßt ihr mitbringen, wenn's etwa was zu essen geben sollte."

Mehr gab es nicht zu sagen. Wenn zufällig niemand zu Hause war, zog Kicke Orr eine Handvoll Halme aus dem Dach über der Haustür und legte sie auf die Schwelle. Das galt als Einladung.

Auch durch Niegaard und Broderup wurden Männer zum Einladen geschickt, außerdem in aller Eile eine Scheune als Gastraum ausgeräumt, weil sich herausstellte, daß der Deichgraf sein Haus nicht zur Verfügung stellen wollte. Wieder schlug die Verärgerung der Männer fast in lodernde Wut um, aber ihre Frauen sandten sie schnell zu nützlicher Tätigkeit hierhin und dorthin, bis sie sich beruhigt hatten.

Dann wurden Bänke aufgestellt, die Bierfässer herangeschleppt, und das Fest begann. Langsam trudelten die Gäste ein und nahmen verlegen und zögernd Platz, Männer und Frauen getrennt und auf ihrer eigenen Seite. Nach dem ersten Umtrunk aber kam Stimmung auf, und bei der Weinsuppe waren sie schon alle fröhlich.

Der Deichgraf machte gute Miene zum bösen Spiel und ließ sich nicht anmerken, wie ungern er teilnahm. Einzig Gotje, die ihn wachsam im Auge behielt, merkte, daß er schnell und viel trank und schon bald betrunken war. Trotzdem hatte Eckermann noch alle Sinne beisammen, und es traf ihn wie ein eisiger Windhauch aus dem Grab, als plötzlich Bahne Andresen und hinter ihm Deichrichter Johannsen die Scheune betraten.

Gestützt auf den einzigen Tisch im Raum, wo er den Ehrenplatz einnahm, stand der Deichgraf langsam auf und starrte Bahne an. Entsetzen zeichnete sich auf seinem Gesicht ab. Wie konnte einer, der zum Wohl des Deiches geopfert worden war, quicklebendig vor ihm stehen?

23. Verhaftung

Johannsen wunderte sich über Eckermann. Einer, der so krank aussah, sollte lieber nicht feiern. Auch Bahne deutete Eckermanns Gesichtsausdruck falsch.

„Mich hättet Ihr wohl hier nicht vermutet?" rief er über die Leute hinweg. „Aber ich habe keine Absicht, die Sache auf sich beruhen zu lassen."

Der Deichgraf faßte sich mühsam und fragte heiser: „Welche Sache?"

„Ich lasse die Schuld für den Deichdurchstich nicht auf mir sitzen!" schrie Bahne, der es unverschämt fand, daß der Deichgraf davon anscheinend nichts mehr wissen wollte, obwohl bereits der Verdacht ausgereicht hatte, um sein Leben » zu ruinieren. Völlig unverständlich war ihm, daß er nun auf Eckermanns Gesicht Erleichterung zu sehen meinte.

Auch Gotje krauste die Stirn.

„Der Deichdurchstich, ja“, murmelte der Deichgraf undeutlich und setzte sich mit schwachen Knien nieder.

Bahnes Aufmerksamkeit wurde vorübergehend abgelenkt. Der Trubel war groß, kaum einer im Raum war noch nüchtern genug, um sich an die Ereignisse der letzten Tage zu erinnern. Und Bahne war immer noch beliebt. Viele Arme streckten sich nach ihm aus, um ihn auf eine Bank zu zerren. Mühsam kämpfte er sich zum Tisch der Ehrengäste durch. Der Deichgraf blickte ihn wie von einer Schlange gebannt an.

„Ich verlange jetzt Aufklärung des Verbrechens“, verlangte Bahne entschlossen. „Ich lasse mich nicht mehr wie ein Verbrecher jagen, nur weil Ihr glaubt, daß ich es gewesen bin!“ Er sprach mit erhobener Stimme, und die Nächstsitzenden glotzten ihn verständnislos an. Das machte ihn noch wütender. „Allmählich habe ich den Eindruck, daß Ihr mir die Schuld zuschieben möchtet, weil es in Eure Pläne paßt. Am Ende glaubt noch nicht einmal Ihr selber, daß ich den Deich durchstochen habe!“

Der Deichgraf schüttelte benommen den Kopf und trank danach weiter, immer noch, ohne etwas zu sagen. Johannsen sah ihn neugierig an. In Bahne aber wuchs die ganze aufgestaute Wut der letzten Tage derart an, daß er sich nicht mehr beherrschen konnte.

„Hört Ihr mir überhaupt zu?“ schrie er, außer sich vor Zorn, riß dem Deichgrafen die Trinkschale aus der Hand und schmetterte sie auf den Boden, wo sie in viele bunte Scherben zersprang.

„Junger Mann, ich höre Euch“, lallte der Deichgraf, „ich höre Euch überdeutlich.“ Danach brach er in ein schallendes Gelächter aus, stemmte sich mühsam mit Hilfe seiner beiden Fäuste in die Höhe und stand aufrecht. Von seiner vornehmen Erscheinung war nichts mehr übrig, und Bahne blickte ihn verächtlich an. Reste der Mahlzeit waren auf dem Wams verteilt, die Knöpfe des Hemdes zum Teil offen, und den Gürtel hatte er verloren. Mit einer Hand warf er den neben ihm sitzenden Bauern von der Bank und wankte mühsam vom Tisch weg.

Bahne ballte die Fäuste, trat nahe an ihn heran und war augenscheinlich bereit, sich dem Kampf zu stellen. Gotje aber, die immer ängstlicher geworden war, legte die Hand bittend auf seinen Arm und sagte: „Laßt ihn, er ist nicht in einer solchen Stimmung. Er will hinaus."

Und das stimmte. Der Deichgraf torkelte aus der Tür und verschwand hinter der Scheune. Bahne wartete unschlüssig. Konnte er hier überhaupt etwas erreichen? Auch der Deichrichter war mittlerweile angeheitert, denn von allen Seiten hatte man ihm Branntwein und Bier aufgedrängt. Der junge Mann musterte ihn geringschätzig. Von dem Mann, der Licht in die mysteriöse Angelegenheit hatte bringen sollen, war keine Hilfe mehr zu erwarten, wahrscheinlich wußte er bereits nicht mehr, daß er nicht zum Feiern gekommen war. Bahne selbst weigerte sich, auch nur ein Schlückchen zu trinken; er hatte Angst, daß sich seine Gedanken verwirren würden; um den Deichgrafen aber nur mit Worten zu überzeugen, benötigte er einen klaren Kopf.

Nach geraumer Weile kam der Deichgraf zurück, in wesentlich besserem Zustand als der, in dem er hinausgegangen war. Er hatte sich gereinigt und auch im Gesicht gesäubert; die Augen waren wohl noch blutunterlaufen, aber seine Stimme war wieder klarer.

Schon an der Scheunentür suchte er Bahnes Blick und stapfte dann langsam näher, zwischen den zurückweichenden Bauern hindurch, die wie von selbst eine Gasse bis zu Bahne freigaben. „Seid Ihr gekommen, um mir zu erzählen, wer den Deich durchstochen hat?" fragte der Deichgraf bedächtig und überaus deutlich artikuliert, aber gut verständlich.

Bahne schwieg und blickte in die Runde, als ob ihm jemand helfen könne. Schließlich blieb sein Blick auf Gotje hängen, die ihn mit großen Augen ansah. In ihrer Haltung drückte sich Anspannung aus, Beklommenheit und Angst.

„Nein", erklärte Bahne. „Ich weiß es nicht. Ich weiß nur, daß ich es nicht gewesen bin."

Gotje entspannte sich sichtbar, und Bahne konnte deutlich ihre Erleichterung erkennen.

„Hauptsächlich“, der junge Mann hob die Stimme, „hauptsächlich bin ich gekommen, um einen Mord zu verhindern, mittlerweile aber weiß ich, daß es zu spät ist. Ihr habt es ihnen“, mit der Hand wies er in die Runde, weil er alle meinte, wie sie da waren, „eingeredet, daß sie dem Meer ein Opfer bringen sollen, und da ich es nicht bin, wird es wohl jemand anders sein ... “

Die Männer und Frauen waren still geworden. Durch die Trunkenheit hindurch hatte das Wort Mord noch Zugang zu ihrer aller Verständnis gehabt, und mancher Kopf wandte sich Bahne zu. Die Blicke der Leute gingen zwischen dem Deichgrafen und seinem ehemaligen Gehilfen hin und her. Sie mochten es getan haben, aber die Schuld würde dann beim Deichgrafen liegen ...

Der Deichgraf schüttelte den Kopf, betrübt, wie es Bahne vorkam. „Ihr kommt zu spät, der Deich ist zu. Ich glaube nicht, daß jemand darin liegt.“ Dann wandte er sich an die Deicharbeiter und ihre Frauen. „Ist jemandem etwas von einem Opfer bekannt?“

Auf den Gesichtern der Frauen lag unverhohlene Angst. Die Männer aber sagten nichts. Sie starrten Bahne finster an, und nur einige schüttelten den Kopf. Wenn er gekommen war, um in dieser bedauerlichen Sache herumzurühren, dann war er nicht mehr willkommen in ihrer Mitte. Notwehr war nicht mit Mord gleichzusetzen. Er hatte nicht das Recht, sie deshalb anzuklagen. Warum verstand der junge Mann das nicht?

Eckermann ließ den Männern Zeit, sich zu besinnen. „Also nein, Ihr seht es, Herr Bahne“, faßte er mit kaum verhülltem Hohn zusammen. „Niemand weiß etwas davon, niemand hat etwas gesehen, überzeugt Euch selbst.“

„Das werde ich auch tun, Herr Deichgraf“, sagte Bahne mit mühsam gebändigter Wut. „Ich werde selbst den Deich absuchen, bis ich gefunden habe, was ich vermute.“

Der Deichgraf ließ ihn achselzuckend vermuten und wandte sich ab. Mit dem Bauern neben sich begann er gleichgültig ein nebensächliches Gespräch, als ob es eben keinen Zwischenfall gegeben hätte. Dann ließ er sich die Bierschale herüberreichen, stand auf und prostete den Bauern zu: „Auf den Deich!" rief er, und mit tosendem Lärm erhoben sich alle und erwiderten den Toast. „Skaal", brüllte er, und die Männer waren zu betrunken, um sich darüber zu ärgern.

Sie hatten sich noch nicht wieder gesetzt, als sich der Deichgraf mit erhobener Schale auch Bahne zuwandte, als ob er auch ihm zutrinken wollte. Die Deicharbeiter verstummten erwartungsvoll.

„Trinkt, Herr Bahne", forderte er ihn auf. „Trinkt ein letztes Mal vor Eurem Tod. Im Feuer wird Euch nicht nach Trinken zumute sein."

Man hätte das Krabbeln eines Käfers hören können, so leise wurde es. Es war, als ob alle gleichzeitig den Atem anhielten.

Auch Bahne stand bewegungslos.

Erst der Deichrichter, Herr Johannsen, brach den Bann. Er stand auf, winkte dem Deichgrafen beschwichtigend zu und brummte: „Nun, nun, das ist vielleicht etwas voreilig, Herr Eckermann. Soweit sind wir doch noch nicht."

Der hünenhafte Bendix wühlte sich durch die Bauern hindurch zum Tisch der Ehrengäste und versuchte, Bahne zu helfen. „Es ist doch jetzt alles vorbei, Herr Deichgraf", sagte er in versöhnlichem Ton, „der Deich ist zu, wir sind alle glücklich, und Herr Bahne sagt, er war's nicht. Lassen wir es doch auf sich beruhen."

Der Deichgraf beachtete ihn gar nicht. Mit energischen und gar nicht mehr trunkenen Bewegungen stellte er sich vor Bahne hin und sagte ihm ins Gesicht: „Der Mann ist verhaftet."

Der Deichrichter, unter dem Einfluß des Branntweins noch lenkbarer als sonst, nahm es widerspruchslos hin. Wenn dem Deichgrafen die Beweismittel ausreichend schienen, dann würde er sie auch vorweisen müssen. Aber nicht heute. Und ähnlich dachten auch die Arbeiter und Bauern. Man würde es aufklären. Heute aber war nicht der Tag des

Klärens, sondern der des Feierns. Ein Hoch auf ihren Deichgrafen!

Bahne wurde von zwei schweigsamen Männern aus Broderup abgeführt. Sie stierten ihn mürrisch an, nur bestrebt, ihn so bald wie möglich wieder loszuwerden. Nach Lindholm, ins Haus des dortigen Koogsdieners, dem einzigen, das eine Gefängniszelle enthielt, konnte er wegen der Entfernung nicht mehr gebracht werden, da hätten die Männer sich geweigert. Statt dessen hatte der Deichgraf, ausnahmsweise großzügig, sich angeboten, für des Gefangenen Gewahrsam selbst zu sorgen. Sein Haubarg hatte ausreichend Raum, wie jeder wußte. Vorerst fesselten ihn die Männer mit derben Stricken, solchen, wie sie zum Niederwerfen eines Bullen beim Beschneiden gebraucht werden. Flucht war ausgeschlossen, diese Knoten würde er nicht öffnen können.

Entsprechend der Anweisung des Deichgrafen, legten die Männer Bahne in einer Kammer ab und kehrten wieder zum Fest zurück.

24.
Vergebliche Suche

Bahne wälzte sich stöhnend im Kämmerchen herum, die Hände auf dem Rücken verschnürt und straff angebunden an den ebenfalls zusammengezurrten Beinen. Er blickte um sich. Die Kammer war leer. Kein unnützer Unrat lag herum, an dem er die Stricke womöglich hätte durchscheuern können. Frau Güde Maria hielt anscheinend auf Ordnung. Bahne fluchte leise über die Frauen, die immer und überall das letzte Staubkörnchen wegfegten. Er konnte auch nicht nach seinem Messer greifen ...

Bahne wälzte sich auf die andere Seite. Das winzige Guckloch nach draußen zum Garten eignete sich gewiß nicht als

Ausstieg, selbst wenn er die Hände frei gehabt hätte. Die Tür war aus kräftigen Bohlen gefügt, die zwar Lücken klaffen ließen, aber ob die selbst einer Fliege einen Durchlaß geboten hätten, war fraglich. Der Fußboden bestand aus gestampftem Lehm und die Decke aus rauhen Brettern. Bahne seufzte entmutigt.

Er knirschte zornig mit den Zähnen. Er, der in Sicherheit gewesen war, hatte sich aus eigener Dummheit in eine ausweglose Situation begeben. Nun war er zur Untätigkeit verurteilt, und man würde ihn verbrennen. Besser gejagt und frei als rechtschaffen und tot, würde seine Mutter gesagt haben.

Nach langer, langer Zeit, so schien es ihm wenigstens, hörte er ein Poltern auf dem Gang vor der Kammer. Bahne richtete sich halb auf, denn das galt ihm. Der Holzriegel, der die Tür von außen verschloß, wurde mit einem Ruck hochgeschoben und schlug gegen den Anschlag. Die Tür wurde aufgezogen, und der Deichgraf stand in der Öffnung. Er schwankte ein wenig und hielt sich am Türrahmen fest.

„Morgen, Herr Bahne, morgen", verkündete er heiser, nun wieder wie vorhin fast lallend, und Bahne verstand, daß morgen seine Hinrichtung angesetzt war, die Verbrennung.

Er erwiderte nichts, was hätte er auch sagen sollen? Der Mann genoß einen Triumph, den Bahne sich beim besten Willen nicht erklären konnte. Er beobachtete den Deichgrafen mißtrauisch, bereit, sich, so gut es ging, zu verteidigen, wenn etwa sein Widersacher einen Angriff planen sollte.

Der Deichgraf begriff seine Bemühungen. Er lachte schallend, und der Bierdunst wehte über Bahne hin, der seinen Kopf wegdrehte. „Warte nur", geiferte der Deichgraf undeutlich, „dein Hochmut wird dir bald vergehen! Und du wirst keine Gelegenheit mehr haben, anderen Leuten weiszumachen, du wärst besser als ich!"

„Wie meint Ihr das?" Bahne war so verblüfft, daß er sich gegen seinen Willen hinreißen ließ, mit dem Deichgrafen zu sprechen.

Ein tiefes zorniges Gurgeln in der Kehle des Deichgrafen war die einzige Antwort, die er bekam. Erst nach einer Weile war Eckermann wieder fähig zu sprechen. „Die ganze Zeit hast du versucht, mich in den Augen meiner eigenen Leute herabzusetzen", schrie er. „Hast über meine Kenntnisse gelacht und getan, als ob du allein wüßtest, wie man Deiche baut. Du hast behauptet, mein Deich würde brechen!" Danach klappte er den Mund unvermittelt zu, als ob er fühlte, daß er nun endgültig unterlegen war. Seine Zähne aber knirschten vernehmlich.

Bahne fiel es wie Schuppen von den Augen. Das also war es gewesen, womit er sich den Zorn des Deichgrafen zugezogen hatte: weil er besser als dieser gewußt hatte, wie man moderne, sichere Deiche baut. Der Mann hatte womöglich die ganze Zeit geglaubt, er wolle seine Position haben. Bahne setzte schon zu seiner Verteidigung an, aber dann wandte er den Kopf ab und schwieg. Der Deichgraf hatte sich derart in seinen Haß hineingesteigert, daß er ihm ohnehin nicht geglaubt hätte.

Die trunkenen Augen des Deichgrafen fixierten den jungen Mann. Es war, als ob er sich nicht von ihm trennen konnte. Aber eigenhändig würde er ihn wohl kaum ermorden wollen, dachte Bahne ... Unschlüssig stand Eckermann in der Tür und kaute auf seiner Lippe. Endlose Zeit verging, bis er sich langsam zurückzog.

Die Tür fiel zu, und Bahne sank erleichtert zurück. Ohne konkrete Gedanken wartete er Stunde um Stunde, dazwischen schlief er wohl auch einmal ein. Er erwachte durch das schabende Geräusch des Riegels an der Tür. Diesmal wurde sie vorsichtig aufgezogen, und Gotje blickte herein. „Da seid Ihr ja", flüsterte sie erleichtert. Das Mädchen hatte nach ihm gesucht, das wurde Bahne sofort auf beglückende Weise bewußt.

Bahne richtete sich auf und wunderte sich, denn Gotje hatte ein Messer in der Hand.

„Dreht Euch um", befahl sie Bahne, der ihr widerspruchslos gehorchte und ihr seine Hände entgegenhielt.

Gotje säbelte und sägte, schnitt und riß, augenscheinlich war sie nur mit ihrem Mädchenmesser bewaffnet, das wohl nicht sehr scharf war, aber schließlich fühlte Bahne, wie die Stricke sich lockerten, und er zog sie mit einem letzten Ruck auseinander.

Kaum hatte er sich selbst ganz befreit, stand sie schon an der Tür und blickte hinaus. Die Luft war rein.

„Kommt", befahl Gotje und schlüpfte hinaus.

Sie führte Bahne quer durch den Vierkant, in dem sich nur ein erstaunter Knecht zu schaffen machte, den sie aber mit dem Finger am Mund zu schweigen bat, und er nickte.

Sie schlichen in den leeren Stall, am Jungvieh vorbei und schließlich zu einem der Wirtschaftseingänge hinaus, hinter das Haus, wo Bahne noch nie gewesen war. Brennesseln und Bauschutt zeigten, daß selten jemand herkam.

„Schnell", drängte sie, und sie rannten über den offenen Hof in die Richtung des Gebüsches vor der Graft. Viel Deckung gab das entlaubte Gehölz zwar nicht mehr, aber es war dennoch besser als der übersichtliche, aufgeräumte Hof. Ein schmaler Steg, der eigentlich nur eine Holzplanke war, führte über den Graben, dahinter begann ein Wäldchen, und dann waren sie außer Sicht der Wohnräume.

Hier nahm Bahne das Mädchen bei den Schultern. Er sah Gotje liebevoll an und ließ sie nur zögernd los, als sie sich halbherzig wehrte.

„Gotje", sagte er, „ich kann Euch gar nicht genug danken für das, was Ihr getan habt."

Sie schüttelte unwillig den Kopf, nicht bereit, die Zeit mit Belanglosigkeiten zu vertun.

„Was wollt Ihr jetzt machen?" fragte sie.

„Ich muß unbedingt die Leiche finden", sagte Bahne, zitternd vor Nervosität und weil ihm eben klar geworden war, daß es seine einzige Möglichkeit war.

„Warum?" fragte Gotje verständnislos. „Wäre es nicht besser, Ihr würdet fliehen?"

„Nein." Bahne lehnte eine nochmalige Flucht entschieden ab. „Wenn ich nachweisen kann, daß sie jemanden eingegraben haben, glauben sie mir vielleicht auch, daß ich den Deich nicht durchstochen habe. Und möglicherweise besteht zwischen dem Deichdurchstich und dem Opfer sogar ein Zusammenhang", fügte er nachdenklich hinzu. „Zumindest müssen das die Arbeiter ja geglaubt haben."

„Wie meint Ihr das?"

Aber Bahne wollte nicht mehr sagen und schüttelte nur störrisch den Kopf.

„Ich danke Euch", sagte er nochmals weich, hielt ihre Hände fest und sah sie an. Dann nahm er ihr Gesicht sanft zwischen seine abgearbeiteten Hände und küßte sie. Erst als sie eine Hand um seinen Nacken legte, begriff er, daß sie nichts dagegen hatte, im Gegenteil.

Trotzdem mußten sie sich trennen, es ging um sein Leben. Bahne eilte, ohne sich umzusehen, über die Weide in Richtung auf den Deich davon, aber im Vergleich zu vorhin war das Leben wieder lebenswert. Hätte er es nicht so eilig gehabt, und wäre die Situation nicht so ernst gewesen, so hätte er Luftsprünge machen mögen. Sie wollte ihn, ihn, den Deichbauer! Und er würde alles daran setzen zu beweisen, daß er einer war und kein Verbrecher, nun mehr denn je!

Gegen den anbrausenden Wind stürmte er auf der Luvseite des Deiches zu der Stelle, die zuletzt geschlossen worden war. Als er meinte, er sei angekommen, blieb er stehen und blickte sich um. Weithin war der Deich noch ohne Grasbewuchs, und ein Meter sah aus wie der andere. Eine Orientierungsmarke hatte er nicht. Nie hatte er daran gedacht, für die letzten Meter eine genaue Winkelmessung vorzunehmen. Wozu auch, man sah ja das andere Deichende, auf das man zuarbeitete. Er verfluchte seine Sorglosigkeit, ohne zu bedenken, daß er die Zahlen doch nicht im Kopf haben könnte. Der einzige Anhaltspunkt war tatsächlich sein eigener Steindeich, den sie den Bahnedeich nannten. Bitter dachte er daran, daß in dem nachfolgend gebauten steilen Teilstück auch eine Menge Schweiß von ihm selber steckte, ausgeschwitzt unter Zorn und Angst.

Durch Augenmaß und Abschreiten fand er heraus, wo sie den Deich in der Nacht geschlossen haben mußten. Hier mußte das Opfer vergraben sein. Mit der Nase fast auf dem Erdboden, suchte er wie ein Spürhund hin und her; als er fertig war, mußte er zugeben, daß von außen nichts zu sehen war. Im Garten vom Haubarg war ihm alles so leicht und logisch erschienen ... Wütend schlug er mit der Faust auf den Boden.

Der Wind hatte mittlerweile so stark aufgefrischt, daß Bahne Mühe hatte, sich auf dem Deich zu halten. Immer wieder kauerte er sich hin, in der Hoffnung, doch noch eine Spur zu finden. Erschrocken fuhr er hoch, als sich hinter ihm jemand räusperte.

Der Deichgraf stand groß und wuchtig wie ein Standbild über ihm, und genauso starr war auch sein Gesicht. Er sagte nichts, wies aber gebieterisch nach oben auf den Deichkamm. Als Bahne seinem Arm folgte, sah er, wie auf der ganzen Linie der Deichkrone ein Kopf nach dem anderen auftauchte. Und alle kannte er: seine Untergebenen zuerst, dann seine Kameraden beim Bau.

Bahne hielt hilflos die Handflächen nach oben und seufzte. Er ergab sich.

Der Deichgraf ließ keine Gelegenheit aus, seinen ehemaligen Gehilfen zu demütigen. Zwischen den beiden willfährigen Helfern vom Mittag, den beiden Broderupern, wurde Bahne wie ein Verbrecher nach Langsbüll geführt. Wieder hatten sie ihm die Arme auf dem Rücken zusammengebunden. Trotz der Dunkelheit standen viele Frauen auf der Straße und sahen ihn vorübergehen. Sie warfen ihm mitleidige Blicke zu und auch aufmunternde Worte. Dem Deichgrafen dagegen begegnete eisiges Schweigen. Das Wohlwollen der Dorfbevölkerung jedenfalls konnte er mit der grausamen Verfolgung des jungen Mannes nicht erkaufen. Im Gegenteil, er wurde immer unbeliebter.

Auch Gotje stand am Weg. Sie mußte von zu Hause ins Dorf gerannt sein, nur um Bahne zu sehen. Angstvoll knetete sie ihre Hände und wurde dann von Dorothea Harksen in deren Haus geführt, so daß sie Bahnes verzweifelten Blicken entzogen wurde.

Bahne kam wieder in denselben Gewahrsam wie am Mittag, nur daß er noch fester verschnürt wurde und vor der Kammertür ein Posten Wache bezog. Der Deichgraf wollte augenscheinlich nicht das geringste Risiko mehr eingehen.

Gotje kehrte in dieser Nacht nicht nach Hause zurück; und auch ihre Mutter war verschwunden. Der Deichgraf war wütend, aber er vergaß es bald. Seine Sinne wurden betäubt durch den Branntwein, den er aufs neue in sich hineinschüttete. Deshalb gelang es ihm auch nicht, die junge Magd zu vergewaltigen, die ausnahmsweise allein in ihrem Alkoven lag, weil ihre Schlafgenossin mit den übrigen Knechten im Dorf war.

Wäre Gotje noch im Hause gewesen, hätten die Mägde und Knechte sich auf eine gewaltige Standpauke gefaßt machen können. So aber wurde deren Fehlen nicht einmal bemerkt, nur vom Deichgrafen, der sich mit einem tierischen Aufschrei auf die Magd in ihrem Alkoven warf. Weil er aber gleich darauf einschlief, gelang es ihr, den schweren, branntweinseligen Körper mühsam von sich wegzurollen und hinauszuschlüpfen. Wäre er ein Jahrzehnt jünger gewesen, hätte sie es wohl dulden wollen, so aber hatte sie nichts als Verachtung für den schlappen, fetten Kerl übrig.

25. Der Scheiterhaufen

Der Koogsdiener war an der Arbeit. Vor Beginn dieser besonderen Tätigkeit hatte der Deichgraf ihm einen ordentlichen Tritt in den Hintern versetzt und dann gedroht: „Wenn du bis heute abend nicht fertig bist, entziehe ich dir dein Brennholz-Deputat." Das hatte Kicke Orr einen gewaltigen Schrecken versetzt.

Der Holzstoß sollte im Osten des Dorfes stehen, wegen der Brandgefahr, und zudem mußte die Entfernung ausreichend sein ... Schweigsam hatten Kicke Orr und die Kätner diese Anweisungen angehört, die ihnen niemand extra hätte geben müssen. Auf den langen Stielen ihrer Äxte lümmelten sie herum, bis Eckermann mit seinen Ausführungen endlich fertig war.

Wieder fuhren sie an den Rand des Moores, wie so oft in den letzten Tagen, und hackten und sammelten stundenlang. Am Nachmittag konnte Kicke Orr dem Deichgrafen melden, daß der Holzstoß zündfertig war. Er tat es unbewegt, obwohl er dem Mann am liebsten in sein feistes Gesicht gespuckt hätte.

Die Langsbüller waren bedrückt. Wenn sie aus dem Fenster sahen, konnten sie verfolgen, wie der Holzstoß wuchs. Die Unruhe und das Gewissen plagten alle Männer. Die Frauen hielten sich zurück. Sollten die Männer das Problem lösen, sie hatten es sich eingebrockt. Die Kinder aber waren ahnungslos. Sie liefen zwischen den Wagen mit Holz und dem Scheiterhaufen hin und her, sie brachten Äxte und Stricke und waren hinreißend hilfsbereit.

Die Männer, die sich nicht ständig aus dem Weg gehen konnten, sahen einander kaum in die Augen. Jeder wußte, daß die Dorfschaft schrecklich bestraft werden würde, wenn der Amtmann erfuhr, daß sie einen Mord begangen hatten, jeder einzeln und alle zusammen. Wahrscheinlich käme der Amtmann selbst, um die Zwangsmaßnahmen zu überwachen, und mit ihm ein Trupp Soldaten. Feuerausgießen würde die erste Strafe sein, aber das wäre nur der Anfang ... Der Deichgraf würde jede Verantwortung von sich weisen, das war nun klar.

Man konnte nicht das geringste unternehmen, um dem jungen Bahne zu helfen, nur auf ein Wunder hoffen. Für die Leichenrede würde man dem Lindholmer Pastor eine Fülle von Informationen liefern; er würde von der Beliebtheit des Deichbauers überwältigt sein.

Zum genau berechneten Zeitpunkt wurde Bahne in der Dämmerung zum Holzstoß geführt. Der Deichgraf war ein großer Planer und überließ nichts dem Zufall. Er beabsichtigte, das Feuer kurz vor dem Dunkelwerden anzünden zu lassen, und die Funken sollten seinen Triumph hoch in die Luft tragen und die Langsbüller ihnen nachblicken, so lange sie glühten. Des Deichgrafen eiserne Faust sollten sie im Nacken spüren und sich ewig an sie erinnern. Ja, man würde ihn hier nicht vergessen, dafür wollte er wohl sorgen.

Aber zunächst gab es kleinere Hindernisse zu überwinden: Kicke Orr wollte Bahne nicht an den Pfahl binden. Er drehte sich wortlos um und schlängelte sich durch die Zuschauer davon. Auch die Kätner waren verschwunden.

Der Deichgraf sah sich um. Erst jetzt bemerkte er mit wachsender Verärgerung, daß nicht ein einziger Langsbüller zugegen war. Nur seine Tochter, aber die zählte nicht. Die Zuschauer stammten aus ganz anderen Dörfern, und er kannte sie nicht. „Dann mach' du es", fuhr er einen kräftigen Mann an, der neben ihm stand. Der blickte den Deichgrafen erstaunt an und hielt die Hand auf. Böse nestelte Eckermann eine Münze aus der Geldkatze.

Der Mann ergriff Bahne am Arm und schob ihn an den Pfahl. Widerstand konnte Bahne nicht leisten, er war verschnürt wie eine Weihnachtsgans. Der Fremde verrichtete seine Arbeit gleichgültig und ohne Haß auf Bahne. Er kannte ihn ja nicht.

Endlich war Bahne fest am Pfahl angebunden.

Dann zündete der Fremde die Fackel. Sie brannte gut, wie er zufrieden feststellte. Sorgfältige Arbeit. Er trat an den Holzstoß. Die Flammen leckten am Holz. Der Wind schlug sie nieder. Er hielt die Fackel geduldig ans Holz. Irgendwann mußte es ja aufflammen. Das Holz glomm und wurde wieder ausgepustet. Der Fremde versuchte es in Lee des Stoßes. Da versengte ihn die Flamme selbst. Er probierte es hier und da, nirgends wollte das Holz brennen. Schließlich warf er die Fackel verdrossen ins Gras. „Es geht nicht, macht es selber", empfahl er dem Deichgrafen.

Dieser knurrte böse wie ein Tier und stürzte sich auf die Fackel. Diesmal schlug der Sturm die Fackel aus, bevor sie zünden konnte. „Laß es, Vater", bat Gotje in panischer Angst. Sie schlüpfte zwischen den Zuschauern durch und stand unversehens neben Bahne. „Das ist ein Gottesurteil, siehst du es nicht?"

Die Zuschauer stimmten ihr nach anfänglichem Zögern zu. Das Mädchen, dessen Haar im Fackelschein selbst wie eine Flamme ausgesehen hatte, war wie eine Rachegöttin in ihrer Mitte erschienen, die einzige Frau unter Männern. Eine Fee oder eine Hexe? Wenn sie sich für den Mann verwandte, waren offenbar übernatürliche Mächte auf seiner Seite.

„Laßt es, Mann", forderte herrisch der Fremde, der die ersten Versuche gemacht hatte.

Der Deichgraf sah von einem zum anderen, dann ging er mit festem Schritt und verkniffenem Mund zum Holzstoß.

„Es muß brennen", murmelte er fanatisch, und der Wind riß ihm die Worte von den Lippen.

Der Wind war mittlerweile wieder auf Sturmstärke angeschwollen; er heulte und hob trotz aller Sorgfalt, die die Kätner aufgewandt hatten, die obersten Hölzer vom Stoß und wirbelte sie in die dunkle Marsch hinaus. Immer mehr Holz und Reisig verschwand, als ob es weggesogen würde, und des Deichgrafen endlich wieder gezündete Fackel wurde ausgeblasen.

„Jetzt reicht es, Mann", schrie der Fremde wütend, sprang in den Rest des Holzstoßes hinein, schnitt Bahne mit einer einzigen Bewegung seines Messers vom Pfahl und zog ihn heraus.

„Gut", stimmte der Deichgraf wohl oder übel zu, „wir verschieben die Hinrichtung. Heute geht es nicht."

„Habt Ihr nicht gesehen, der Sturm will ihn nicht haben", riefen einige Zuschauer dem Deichgrafen empört zu. „Was auch immer der Mann getan haben soll, er ist es nicht gewesen! Seht Ihr es denn nicht?"

Sie umdrängten den Deichgrafen und drückten ihn langsam zum ungezündeten Holzstoß hin. Eckermann wich, ungläubig fast, daß man ihn zu berühren wagte, nach hinten. Die Männer rückten beharrlich nach und umschlossen den Deichgrafen, bis er mit dem Rücken am Holz stand.

„Der Sturm sucht sich ein anderes Opfer, da könnt Ihr sicher sein“, herrschte der Fremde den Deichgrafen an und trat dicht an ihn heran. So dicht, daß Eckermann der Angstschweiß auf die Stirn trat. Er hatte fast den Eindruck, daß man nun ihn in das Feuer haben wollte. Beabsichtigten sie ihn etwa ...? Er biß sich in tiefer Angst auf die Lippen. Dann stemmte er sich entschlossen gegen die Männer. Der Gegendruck hielt an, Eckermann verlor an Boden. Keiner sagte etwas, auch der Deichgraf nicht. Stumm kämpfte er um sein Leben. Nach endlosen Sekunden gelang es ihm schließlich, den Nächststehenden beiseite zu schieben.

Aufatmend trat Eckermann aus dem Kreis der Leute heraus. Noch nach Stunden verkrampfte er immer wieder die Schultern und senkte den Kopf, wie um sich durch eine imaginäre Mauer hindurchzuzwängen.

„Bindet ihn und bringt ihn wieder in Gewahrsam“, schrie der Deichgraf laut, um seine Erleichterung zu verbergen. „Du da, Kicke Orr.“

Dieser und auch einige andere Langsbüller waren langsam wieder herbeigekommen, als sie aus der Ferne erkannt hatten, daß die Verbrennung nicht den geplanten Verlauf nahm.

Kicke nicke ergeben und sah sich um.

„Los! Was ist denn?“ schrie der Deichgraf wieder, mittlerweile wütend wie eine Kreuzotter, die getreten worden ist.

„Wo ist er denn?“ stotterte Kicke.

Auch die Zuschauer blickten sich um. Richtig, der Delinquent war weg. Na, recht hatte er. Das Feuer wollte ihn sowieso nicht haben. Wie auf Kommando blickten alle den Deichgrafen an. Der zog, außer sich vor Wut, dem Kicke Orr seine Reitpeitsche durch das Gesicht und entfernte sich wortlos.

Die fremden Zuschauer aber aus Lindholm, Klockries, Klixbüll, Niebüll und Deezbüll, sogar aus Bosbüll, erzählten noch monatelang von dem wundersamen Gottesurteil, das sie miterlebt hatten. Nur die Langsbüller hatten wenig zu erzählen und wünschten auch nicht, an diesen Tag erinnert zu werden.

26. Sturmflut

Kein Mensch kümmerte sich noch um die Reste des Holzstoßes an diesem Abend, und auf der Straße war auch kaum jemand. Die Menschen waren aufs neue ängstlich wie die Maulwürfe bei Tageslicht verschwunden und warteten. Irgend etwas lag in der Luft.

Der Wind legte kräftig Stunde um Stunde zu. Die Kinder wurden in die Betten geschickt, aber die Erwachsenen blieben vorsorglich auf. Insgesamt jedoch waren die Langsbüller guten Mutes. Die Gefahr drohte seit der Schließung des neuen Deiches nicht mehr von allen Seiten, sondern nur noch bei Winden zwischen Südsüdwest und Nord.

Die Frauen erhitzten Milch und Bier für die Männer, die auf den Deichen Wache gingen. Hin und wieder machte jemand scheu eine Bemerkung zum Tagesereignis, und dann sprachen sie alle sofort wieder von anderen Dingen, nur unterbrochen von den Männern, die, naß und triefend von der Gischt, in die Häuser kamen, um sich für eine Stunde auszuruhen. Die Männer schüttelten müde die Köpfe, nein, noch war der Deich in Ordnung, er schien zu halten.

Der ganze Deich wurde bewacht, Rute um Rute gingen die Männer ständig die Deichkrone ab, bereit, sofort Alarm zu schlagen, wenn er an einer Stelle gefährlich beschädigt werden würde. So hielt man es auch in den anderen Dörfern, und der letzte Posten von Langsbüll begegnete regelmäßig dem ersten von Deezbüll, und so war es überall. Der Küster befand sich schon im Glockenturm von Deezbüll. Auch er würde heute nacht keine Ruhe finden.

Den neuen Deich aber hatte man noch nicht in dieses Wachsystem miteinbezogen. Wenn er wirklich brach, würde hinter ihm verschlickendes Land erneut überschwemmt, Menschen jedoch nicht geschädigt werden.

Noch vor Morgengrauen begann man in Langsbüll aufzuatmen. „Still, horch mal!“ sagte jemand, dann hörten es alle: Der Wind drehte, er kam nun fast aus Nordwest, und damit war die größte Gefahr für den Langsbüller Deich vorüber. Die Kästen mit den Wertsachen wurden unter die Bilegger zurückgestellt und die Wolldecken vom Boden geholt. Ein ganz gewöhnlicher Morgen brach im Dorf an.

Am neuen Deich aber wurde die Gefahr durch die Winddrehung beträchtlich erhöht. Erst jetzt trafen ihn die Wellen mit voller Wucht, vorher waren sie flacher gewesen, gebremst unter anderem auch durch die vorgelagerten Inseln und Halligen. Nun aber schoß der Wind, ohne Widerstand zu finden, zwischen der Südspitze der Wiedingharde auf der einen Seite und den Inseln Nordtoft, Galmsbüll und Dagebüll auf der anderen Seite durch, und die Wellen warfen sich mit Wucht unerbittlich gegen den neuen Deich, der sich noch nicht richtig gesetzt hatte und sehr empfindlich war.

Das Wasser brandete gegen den Deichfuß und dröhnte gegen das Bollwerk, spülte es von vorne blank, und zwischen den Pfählen lag der Klei bloß. Auch von oben arbeitete das Wasser, unterspülte die Grassoden und warf sie hoch in die Luft, weil sie nur gelegt und noch nicht zusammengewachsen waren; die scharfen Sandkörner wirbelten und schliffen das Gewebe der Sandsäcke, bis sie mürbe wurden und auseinanderrissen.

Danach war es nur eine Frage von Minuten, bis der ganze Sack auseinanderflatterte und in großen Stücken davonflog. Darauf strömte das Wasser unaufhörlich durch die schweren Kieferplanken, schwemmte Sand und Klei heraus, bis das Jahrhundertbollwerk nach einer Weile wie ein niedriges Mäuerchen vor dem Deich stand. Die Pfähle blieben stehen, keine Frage, sie waren tief und sicher eingerammt, aber allmählich brachen die Bretter zwischen ihnen, und der Deich hinter ihnen wurde weggetragen, weggeschwemmt und weggepustet. So wurden insbesondere die mit Holz bewehrten Deichabschnitte schnell zerstört.

Nur am Bahnedeich liefen die Wogen vergebens gegen den Deich an. Sie rollten, ungebremst und ohne Widerstand zu finden, den langen Deich hoch, liefen oben schwächlich aus, schwappten auch mal auf die andere Seite hinüber, aber das war alles. Das Wasser verlief sich, es rieselte wieder ins Meer hinunter und schützte dabei den Klei gegen die nachfolgenden, hochlaufenden Wellen. Gegen die Steine des Bahnedeichs wurden sogar Holzbalken, herausgerissene Reusenpfähle und anderes geschmettert, ohne daß die Steine einen Schaden nahmen. Sie blieben, wo sie eingehämmert worden waren.

Aber die Strömung wurde vom Bahnedeich umgelenkt, nur wenig, doch merklich. So kam es, daß das benachbarte Deichstück, das zuletzt gebaut worden war, am meisten unter den Wellen zu leiden hatte. Hier gruben sie sich besonders eilig ein breites Loch in den Deich und schufen binnen kurzem einen scharfkantigen Deichabschluß. Gegen diese neuentstandene Steilwand brausten die Wogen an, überschlugen sich auf der Deichkrone, und das Wasser krachte mit Wucht beiderseits der Deichkrone wieder herunter.

Dem herabstürzenden Wasser konnte der Deich nicht widerstehen: Binnen kurzem rutschte die ganze Rückseite des Deiches an dieser Stelle ab. Damit war das Schicksal unabwendbar festgelegt: Die Wogen nagten von hinten am Deich, eine Lücke riß auf, die quer durch den ganzen Deich ging. Ein Deichbruch.

Das Wasser strömte nun gurgelnd durch die Schneise, und von beiden Seiten fielen im Sturm unhörbar die Deichwände in den reißenden Strom, der die Erde in den neuen Koog trug, immer mehr, immer weiter, als ob die Erde sich auftäte und das Land verschlinge. Nur der Bahnedeich hielt und wendete damit noch größeren Schaden vom gesamten Bauwerk ab.

Der Wassereinbruch kam erst zum Stillstand, als der Sturm weiter auf Nord drehte und langsam abflaute; gleichzeitig senkte die Ebbe, dem natürlichen Auf und Ab der Meere folgend, wieder den Wasserspiegel.

27.
Der Deichbruch

Am nächsten Morgen warteten die Langsbüller Männer unruhig auf die Deichrichter, die zusammengerufen werden mußten, um den nächtlichen Schaden zu begutachten. Diese waren schon aus eigenem Antrieb unterwegs und trafen frühzeitig in Langsbüll ein. Man wußte von Deichrichtern, die nach einem schweren Sturm nicht gleich zur Stelle gewesen und deshalb mit dem Tod bestraft worden waren. Seit der Zeit versahen Deichrichter die Kontrolle nach Stürmen aufs peinlichste genau.

Die fünf zusammengekommenen Deichrichter und einige Langsbüller Männer ritten sofort los. Der neue Koog stand in weiter Ferne unter Wasser, wie man befürchtet hatte. Das anfänglich höher gelegene Gelände wurde nasser, und die Männer mußten auf den Deich wechseln und ihre Pferde zurücklassen.

Nach einer Weile zog sich die Gruppe über ein ganzes Stück Deich hin, denn nicht alle waren gut zu Fuß und konnten rasch wandern. Endlich sammelten sie sich still dort, wo der Graben des Deichbruches begann. Ungläubig blickten sie hinunter.

Wasser floß in einem Rinnsal aus dem neuen Koog in die freie See hinaus. Mitten darin stand ein Pfahl, schräg gegen die Strömung geneigt, und an diesem hing ein Mann mit roten Haaren und fahlweißer Haut. Der Kopf war in einem unnatürlichen Winkel nach hinten gekippt und der Mund weit aufgerissen.

„Oh Gott", sagte einer der Deichrichter erschüttert.

Johannsen wurde so bleich wie die Leiche und mußte sich setzen. Die Langsbüller Männer schwiegen. Wohl hatten sie einen Mann verurteilt, im Deich zu sterben, aber dieses zu sehen, war etwas ganz anderes ...

„Wer ist er?" fragte Deichrichter Nommensen aus Niebüll schließlich. Er war ein kluger Mann, war bereits viele Jahre

Deichrichter und trat meistens als Sprecher aller Deichrichter auf.

Kicke Orr sah sich um und antwortete dann widerstrebend: „Claus Clausen Sturm aus Langsbüll."

„Wer war es?"

Johannsen stöhnte und versuchte etwas zu sagen.

Nommensen wurde endlich auf das Gurgeln aufmerksam und blickte nach unten. „So sagt, was Ihr wißt", forderte er ungeduldig.

„Die Langsbüller", stotterte dieser.

Die Männer des Dorfes senkten die Köpfe. Nommensen musterte einen nach dem anderen. „Stimmt das?"

„Ja", sagte Kicke Orr beklommen für sie alle, obwohl er nur Kätner war und das Reden gerne den Bauern überlassen hätte. Dann stieß er Harksen mit dem Ellenbogen an.

„Es war gleichzeitig eine Strafe", verteidigte sich Harke Harksen, der glaubte, er könne sich noch herausreden.

„Wofür?"

„Er hatte den Deich beim Haubarg durchstochen", erklärte Harksen beflissen und trat nach vorne. „Nachts. Und wir hatten einigen Schaden in Langsbüll davon. Er hier besonders", sagte er und schob Kicke Orr vor den Deichrichter. „Bahne Andresen wurde von Herrn Eckermann dafür verdächtigt und sollte gestern abend verbrannt werden."

„Was?" rief Nommensen entsetzt. „Ich wurde in einem Schreiben benachrichtigt, daß Bahne Andresen eindeutig überführt worden sei. Und zwar von Eckermann persönlich und von Euch." Er wandte sich an Johannsen, der immer noch wegen seines Schwächeanfalls auf dem Boden saß.

„Eckermann sah es als erwiesen an", verteidigte dieser sich heiser.

„Und das hat ausgereicht, einen Mann zum Tod zu verurteilen?" Nommensen richtete seinen Blick voller Verachtung auf die Bauern. „Auf wann wurde die Hinrichtung verschoben?"

Das wußte niemand, aber Kicke Orr warf ein: „Ich habe gehört, daß Andresen geflohen ist."

Als niemand widersprach, entschied sich Nommensen.

„Ich muß so schnell wie möglich zurück. Du kommst mit mir", befahl er Kicke Orr, der ihm am ehrlichsten und auch pfiffig zu sein schien. „Ihr aber", wandte er sich unterschiedslos an die übrigen, nehmt die Leiche von Claus Clausen ab und bringt sie nach Langsbüll."

Nommensen und Kicke Orr eilten zu ihren Pferden und sprengten ins Dorf. Dort war alles ruhig. Auch im Haubarg war außer dem Rauch, der aus dem kleinen Küchenschornstein kroch, kein Leben zu bemerken.

Der Deichrichter stürmte zum Eingang, schmetterte die Tür auf und rannte zur großen Stube. Hier saß der Deichgraf am Tisch, an dem er sonst arbeitete und auch zu trinken pflegte. Langsam hob er den Kopf und blickte seine Besucher mit glasigen Augen an.

„Wo ist Bahne Andresen?" fragte Nommensen scharf.

Eckermann deutete mit unsicherer Hand zum Garten und murmelte: „Irgendwo da draußen."

Nommensen hatte jäh das Gefühl, zu spät gekommen zu sein. „Tot?"

Eckermann lachte gleichgültig. „So einer stirbt nie. Wenn man glaubt, man hat ihn" – er patschte mit hohler Hand unsicher auf den Tisch, als ob er eine Fliege gefangen hätte –, „dann ist er wieder weg. Aber seinen Unrat hinterläßt er", flüsterte er düster.

Kicke Orr machte runde erstaunte Augen, aber Nommensen wandte sich verächtlich von dem halbbetrunkenen Mann ab. „Ich werde Euch festnehmen lassen", erklärte er, schon im Gehen. „Ihr habt Euer Amt grob mißbraucht." Der Deichgraf hob die schweren Augenlider, und einen winzigen Moment hatte Nommensen das Gefühl, als ob der Mann lange nicht so betrunken war, wie er sich gab. Aber das konnte warten. „Wo sollen wir nach Bahne Andresen suchen?" fragte er Kicke Orr, als sie in der Diele standen.

Kicke Orr, innerlich hin- und hergeworfen von der deichrichterlichen Aufmerksamkeit, die ihm an diesem Tage zuteil wurde, gab sich große Mühe. „Gotje Eckermann müßte es wissen und Fiecken Plausch."

„Eckermanns Tochter?“ hakte Nommensen nach.

„Na ja“, sagte Orr vorsichtig. „Oder von Claus Clausen.“

„Was denn nun?“ fragte der Deichrichter.

„Der Deichgraf hat sie als seine Tochter anerkannt, aber ihr leiblicher Vater ist Claus Sturm.“

„Oh, da habt ihr hier aber verwickelte Verhältnisse“, schloß der Deichrichter.

„Nicht mehr als anderswo“, verwahrte sich der kleine Kicke Orr.

Nommensen gab ihm im stillen recht und lächelte leise.

„Kommt mal mit“, raunte Kicke dem Deichrichter zu und zog ihn um die Ecke zum Kücheneingang. Er öffnete die Tür und spähte hinein. Am Herd stand eine verdrossene Magd und rührte in einem großen Grapen.

„Wo ist Frau Güde Maria?“ fragte Kicke sie.

Sie gab keine Antwort.

Der Deichrichter drängte sich vor und fragte das Mädchen nochmals. Als sie den Herrn in ihm erkannte, bequemte sie sich doch zu einer Antwort.

„Nicht hier“, murmelte sie.

Nommensen trat entschlossen auf die Magd zu, und sie mußte wohl Angst vor Gewaltanwendung haben, wie sie die hohen Herren gegenüber den Dienstleuten oft anwandten, denn erschrocken wich sie zurück und gab hastig etwas ausführlicher Auskunft: „Ich weiß nicht, wo sie ist, seit gestern abend ist sie weg. Und Gotje mit ihr.“

„Na, siehst du, das wollte ich ja nur wissen“, erklärte Nommensen freundlich, und das Mädchen atmete auf.

Sie versuchten es auch bei Fiecken Plausch, aber dort waren weder Bahne noch Gotje, wie sie es auch nicht anders erwartet hatten. Fiecken leugnete standhaft, irgend etwas zu wissen. Der Deichrichter wandte sich bereits zum Gehen um, als Kicke, der die Alte die ganze Zeit mißtrauisch gemustert hatte, mit wütendem Gesicht auf sie zutrat und ihr die Haube vom Kopf schlug.

„Du weißt etwas, Alte, spuck's aus!“

„Habt Ihr's gesehen, Herr, Ihr seid Zeuge“, rief Fiecken mit schriller Stimme. „Er hat gegen mich Gewalt angewendet.“

„Ich habe nichts gesehen, Frau Fiecken“, sagte der Deichrichter unbeteiligt, „und ich werde auch weiterhin nichts sehen, falls Kicke der Meinung ist, daß Ihr uns etwas verheimlicht. Sollte Euch aber doch noch etwas einfallen, so bin ich bereit, Euch für die Auskunft und den erlittenen Schmerz zu entschädigen.“

Die Alte sagte nichts, in ihrem Gesicht stritten Treue zu Bahne und Habgier miteinander. Schließlich siegte die Vernunft, sie murmelte verlegen: „Das Hemd ist mir näher als der Rock“ und hielt die Hand auf.

Der Deichrichter bezahlte.

„Er ist nach Klockries geflohen, zu seiner Familie. Ich glaube, um sein Pferd zu holen, und dann will er außer Landes.“

Der Deichrichter seufzte leise.

„Ein umtriebiger junger Mann. Dann nach Klockries“, befahl er.

Sie ritten, so schnell sie konnten, benötigten aber doch fast eine Stunde, denn die Wege waren schlecht, ausgefahren und matschig.

Am Tor zum Anwesen von Bahnes Eltern ging ein junger Mann mit der Forke auf sie los.

„Hör auf und laß den Unsinn“, schrie Kicke, der nun allmählich ebenfalls verärgert war. „Wir suchen überall nach deinem Bruder, der ist unschuldig.“

„Das kann ich mir denken“, antwortete böse der jähzornige Ingwer Andresen, erklärte aber nicht, was und senkte auch die Forke nicht. Kicke und Nommensen nahmen sich gut in acht, denn Holzspitzen können lebensgefährlich verletzen.

„Wenn Ihr der Bruder seid“, sagte Nommensen in versöhnlichem Ton, „dann könnt Ihr uns vielleicht sagen, wo wir Bahne Andresen finden. Bevor er eine Dummheit begeht, soll er wissen, daß sich herausgestellt hat, daß er den Deichdurchstich nicht begangen hat.“

„Als Dummheit hinzustellen, was sein Leben retten soll, ist aber sehr anmaßend von Euch, Herr ...“ Er machte eine

Pause, um sich den Deichrichter anzusehen, und schien etwas ruhiger zu werden. „Wer seid Ihr eigentlich?“ fragte er. „Ich bin der Sprecher der Deichrichter, Andresen.“

„Dann steht aber Euer Wort gegen das von Detlef Johannsen und von Herrn Eckermann“, stellte Ingwer Andresen zu Recht fest.

„Nein, Herr Eckermann wird entlassen, und Herr Johannsen, nun der ist ganz und gar unwichtig.“

Ingwer Andresen spießte nachdenklich die Gabel in die Erde, legte das Kinn auf den Stiel und musterte den Deichrichter. Dann kam er zu einem Entschluß. „Wollt Ihr einen Moment hier warten?“ fragte er und ging ins Haus, als beide Besucher nickten.

Bahne Andresen kam allein und unbewaffnet aus dem Haus.

„Ihr wollt mich sprechen?“

„Gott sei Dank.“ Nommensen konnte seine Erleichterung nicht verbergen, und Kicke Orr rannte begeistert auf Bahne zu und klopfte ihm überschwenglich auf den Rücken.

„Ihr seid in jedem Punkt freigesprochen“, erklärte ihm der Deichrichter und freute sich mit Bahne, der ihm dankte.

Zu dritt ritten sie nach Langsbüll zurück, denn auf Bahne wartete viel Arbeit, nun, wo er der verantwortliche Deichbauer war, der für die Reparatur des zerstörten Deiches sorgen sollte.

28. Hinrichtung

Kaum waren Nommensen und der Kätner aus der Tür, erhob sich der Deichgraf, etwas unsicher zwar, aber doch durchaus bei Sinnen. So betrunken war er nun längst nicht, daß er nicht begriffen hatte, daß das Spiel für ihn aus war. Weg mußte er, und zwar sofort. Warum auch nicht, ihn hielt hier nichts, am allerwenigsten Frau und Tochter. Und die Besitztümer, die er angehäuft hatte, nun ... Er lächelte verächtlich. Die waren schon längst in Hamburg und anderswo. Es blieben eigentlich nur der Haubarg und das Grünland, aber er würde schlau genug sein, um daraus trotz allem ohne Verluste herauszukommen.

Konzentriert sammelte er zusammen, was er mitnehmen wollte. Die pralle Geldkatze hatte er schnell aus ihrem Versteck geholt, sie lag schon seit Monaten für alle Fälle bereit. Der Knecht sattelte ihm wortlos das Pferd. Hoheitsvoll nickend, ritt Eckermann in zügigem, aber nicht überhastetem Tempo aus dem Dorf. Die Bauern wußten nichts, das konnte er sehen. Sie waren so unterwürfig wie immer, und die anderen, die es nicht waren, verschwanden schnell in ihren Höfen.

Sein erstes Ziel war Niegaard. Dort hatte er noch ein Hühnchen mit Boy Spuk zu rupfen. Ohnehin lag Niegaard auf dem Weg nach Bredstedt und Husum, und dahinter winkten schon die Zukunft und die grenzenlose Freiheit der Hansestadt. Eckermann lächelte erwartungsvoll.

Der Weg war nicht weniger mühsam als letztens, er mußte sogar einen weiten Umweg wegen des Deichbruches machen und ritt deshalb durch den Kleinen Kohldammer Koog und dann den alten Deich entlang zwischen Risum und Niegaard. Nur flüchtig nahm er zur Kenntnis, daß das Wasser stellenweise einige Fuß hoch im neuen Koog stand. Das alles ging ihn nichts mehr an und hatte ihn im Grunde seines Herzens auch nie interessiert. Fürsorge, ganz gleich für wen, hatte er immer nur geheuchelt, das gab er vor sich selbst gerne zu.

Mit verkniffenem Gesicht trat er in die Stube zu Boy Spuk, der ihn erstaunt ansah.

„Hat ja nicht lange gehalten, dein Deich", sagte Boy spöttisch, aber der Spott verging ihm, als er erkannte, wie wütend der Deichgraf war. „Ich habe alles getan, was du gesagt hast", verteidigte er sich hastig.

„Aber konntest du Dummkopf es nicht so drehen, daß die

Schuld für das Deichopfer nicht ausgerechnet auf mich fiel?" fauchte der Deichgraf. „Die Spatzen pfeifen es von den Dächern, daß ich ein Deichopfer gewollt habe! Ich, ausgerechnet ich! Du solltest ein Gesicht haben, weißt du es noch?" fuhr er höhnisch fort. „Wenn die Leute dir wirklich geglaubt hätten, wären sie niemals auf den Gedanken gekommen, meine Deichrede auseinanderzupflücken, und mit deinem Gesicht hätten sie mich gar nicht in Zusammenhang bringen können."

„Das konnten sie gar nicht", wandte Boy ein. „Du mußt dich selber verdächtig gemacht haben", erkannte er ganz richtig.

Der große schwere Deichgraf zitterte vor Wut, aber der alte Mann blickte ihn furchtlos an. „Deichgraf, du hast deine Angelegenheiten noch nie selbst regeln können", warf er ihm vor, „ich habe es dir neulich schon gesagt. Immer brauchtest du jemanden, an den du dich klammern konntest, und wenn es nur ein Spökenkieker war. Deichgraf bist du nicht ohne meine Hilfe geworden." Er lachte ein hohes Altmännerlachen. „Noch nicht einmal deinen Konkurrenten um das Amt konntest du allein besiegen. Sogar deine Tochter hast du nicht alleine gemacht, wie man hört."

„Sei still, wenn jemand das hört", fuhr der Deichgraf den Alten an.

Boy Spuk kicherte noch mehr und konnte sich gar nicht beruhigen. Er zeigte zur Bohlenwand, die die Stube von der Kammer trennte. „Siehst du das kleine Loch da? Da sitzt mein Weib immer und paßt auf, was ich sage, wenn ich Kundschaft habe."

Der Deichgraf wandte sich um, sah tatsächlich, was Boy bezeichnet hatte, und kam sich betrogen vor. Um sein ganzes Leben war er betrogen worden: von diesem alten Mann, von Bahne, und noch früher von ... Eine unbändige Wut stieg in ihm auf, und vor seinen Augen flimmerte es. Mit Mühe konnte er sich aufrecht halten. Die ganze Niederlage, die er vor sich selber nicht leugnen konnte, schien sich in ihm zu konzentrieren, sammelte sich in einem Punkt, und der lag in seinen Händen.

Er riß einen Stuhl an sich, zerbrach ihn mit einem kräftigen Ruck und schmetterte ein Stuhlbein über Boy Spuks Kopf.

Ungläubig bis zuletzt blickte ihn der Alte an und sank dann lautlos aus seinem Sessel. Sein Schädel war äußerlich seltsam heil geblieben, aber innerlich hatte der Schlag alles aus seiner Verankerung gerissen. Boy Spuk war tot.

Eckermann starrte regungslos auf das dünne Rinnsal Blut, das aus dem Ohr des alten Mannes sickerte, und wandte sich dann gleichgültig ab. Den Entsetzensschrei der alten Frau im Nebenzimmer hörte er nicht mehr.

Widerstandslos ließ sich Peter Eckermann von den Männern festnehmen, die unter Führung des obersten Deichrichters die Warft hochstiegen und ihn schweigend umringten.

Zwei Wochen danach wurde Eckermann auf dem Richtplatz der Bökingharde bei Wegacker der Kopf vom Rumpf getrennt. Die Langsbüller waren in großer Zahl erschienen, beendete doch die Hinrichtung des ehemaligen Deichgrafen eine Zeitspanne in ihrem Leben, an die sie nicht gerne erinnert werden wollten ... Aber sie mußten sich mit eigenen Augen überzeugen, daß ihr Albtraum ein Ende gefunden hatte.

Bahne Andresen heiratete unter dem Jubel des ganzen Dorfes Gotje Eckermann, oder eigentlich Gotje Clausen, wie sie bis zur Hochzeit lieber genannt werden wollte.

Unter Bahnes Aufsicht wurde der Deichbruch wieder geschlossen und der neue Koog endgültig gewonnen. Keiner der Deichrichter setzte seiner Bauweise Widerstand entgegen, denn er hatte bewiesen, daß seine Art der Deichung besser als die alte war, mochte sie nun holländisch sein oder nicht.

INHALT

Eine unfreiwillige Reise in die Zeit Karls des Großen

Gunhild, eine moderne junge Tierärztin, traut ihren Augen nicht: Kaum hat sie dem verwundeten, verwirrt wirkenden Mann das Leben gerettet, findet sie sich plötzlich im Mittelalter wieder. Der Mann entpuppt sich als Priester und sie muss ihm als Sklavin Hildegund dienen. Wegen ihrer medizinischen Kenntnisse hält er sie für eine Hexe. Voller Angst flieht sie zu den Sachsen, die noch dem »alten« Glauben anhängen. Als Gerowulf, der kluge Sohn eines Fürsten, sich in Hildegund verliebt, gerät sie in einen tiefen Zwiespalt. Der erste Roman einer dreiteiligen Sachsen-Saga.

Kari Köster-Lösche

Das Blutgericht

Roman

Originalausgabe

List Taschenbuch